BBN B●BOY NOVELS

竜人と星宿す番《つがい》

櫛野ゆい
イラスト／高世ナオキ

この物語はフィクションであり、実際の人物・団体・事件等とは、一切関係ありません。

CONTENTS

竜人と星宿す番《つがい》

暗闇の中、松明《たいまつ》の灯《あか》りに照らされた金色の瞳がぎらりと光る。

広げた手のひらよりも更に大きいその瞳に浮かぶ、まるでナイフで切れ目を入れたかのような真っ黒で細い瞳孔に、ノアはごくりと喉を鳴らした。

（お……、大きい……！）

話には聞いていたけれど、実際に目の前にしたその生き物に圧倒されてしまう。

高い洞窟の天井近くまで迫る、圧倒的な巨軀《きょく》。閉じられた大きな口から覗《のぞ》く牙は真っ白で、その太さはノアの手首ほどもある。

大人の男が四、五人集まって、どうにか抱えられるだろうかというほど太く長い首。

硬い岩肌も簡単に切り裂いてしまいそうな黒く鋭い爪と、折り畳まれていてもその大きさが窺《うかが》える、立派な翼——。

——ノアが初めて目にした竜は、燃える炎のような深紅の鱗《うろこ》に覆われた、黄金の瞳の竜だった。

「……それで？」

太く低い声がうわんと響いて、ノアはハッと我に返った。驚いてへたり込んでいた身を慌てて起こし、その場に正座する。

背筋を正したノアをじろりと見下ろして、赤竜が改めてその巨大な口を開いた。

「なにをしに来た、ニンゲン」

「……っ」

洞窟の中で反響した竜の声が、腹の底まで響いてくる。

力強く轟《とどろ》くその声だけで、目の前の生き物が自分を遙かに凌駕《りょうが》する力を具《そな》えていることを否応《いやおう》なしに理解させられて、ノアは震える手をぎゅっと握りしめた。緊張を押し殺し、かすれそうになる声をどうにか振り絞って答える。

「い……、生け贄《にえ》として、来ました」

怖くて怖くて、本当は今すぐ逃げ出したくてたまらない。

けれどそれは、それだけはできない。

自分が逃げ出してしまったら、村がどうなってしまうか分からない――。

「オレを食べて下さい、お願いします……！」

洞窟に響いた震える声に、赤竜がその黄金の瞳に浮かぶ黒い瞳孔を無感情に細めた――……。


事の起こりは、一人の村人が狩りに行った近くの森で、洞窟の中にいた竜と出くわしたことだった。

「雨が、降ってきたんだ……。それで、雨宿りできる場所を探して、いつも行く小川とは逆の方向へ行って、洞窟を見つけて……」

よほど衝撃的だったのだろう。男は未《いま》だに現実を受けとめられない様子で、真っ青な顔で語った。

「そこに真っ赤な……、真っ赤な竜がいたんだ……。とにかくでかくて、恐ろしくて……。腰を抜かした俺に、牙を剝《む》いて襲いかかってきて……」

その時のことを思い出したのか震え上がった男に、ノアはあたたかいお茶を差し出した。

「どうぞ。飲んだら少し落ち着くと思うから……」

「ああ、ありがとう、ノア」

強ばった手でカップを受け取った男が、ゆっくりとお茶を飲む。青い顔をした男の肩をそっと毛布で包んで、ノアはそのそばに座り込んだ。

石造りの部屋には、彼の話を聞くために村の男たちが詰めかけていた。部屋の主《あるじ》であり、この村の長《おさ》でもあるノアの十歳上の兄、ラジャが腕組みをして唸《うな》る。

「竜、か……」

ラジャの隣の村人が、お茶を飲む男に問いかける。

「それは本当に竜だったのか？　例えば大きな影を見て勘違いしたとか……」

口から火を吐き、大きな翼で縦横無尽に空を飛び回り、人々を恐怖に陥れる巨大な怪物。その昔人間に追われた彼らは、今は人里離れた山奥にひっそりと生きていると伝わっている。

時折、遠い異国の地で目撃されたという話を聞くこともあるが、この村で竜を見たことのある者はいない。

しかし男は仲間の問いに、青い顔ながらきっぱりと断言した。

「俺が見たのは、確かに竜だった。赤い鱗に、黄金の瞳……。声も聞いたんだ。まるで地の底を這《は》うような声で、『去れ、さもなくば食うぞ』と唸っていた……」

ぎゅっとお茶のカップを握ってそう言う男は嘘《うそ》をついている様子も、正気を失っている様子もない。疑って悪かったと謝った村人が、ラジャに向き直った。

「どうするんだ、ラジャ。竜なんてそうそう追い払えないぞ」

去年亡くなった祖父から村長の座を継いだばかりのラジャを前に、村の男たちが眉を寄せて相談し始める。

「小川と逆方向に洞窟なんてあったのか。そっちには普段誰も行かないが、いつからいたのか……」

「それは分からんが、竜がいると分かった以上、そのままにしておくわけにもいくまい。放っておいたらそのうちこの村を襲いかねんぞ」

「しかし、どうやって竜に対抗するんだ？　竜を退治するような武力なんて、この村にはないぞ。やはり領主様に兵を派遣してくれるよう頼んで……」

「領主がこんな小さな村にわざわざ兵を派遣するわけないだろう。見て見ぬ振りをするに決まってる」

「じゃあどうすればいいって言うんだよ！」

かつてないほどの危機的な状況に焦り、苛立《いらだ》ち始めた村人たちを、ラジャがなだめる。

「皆、落ち着いてくれ。こんな時に仲間割れしていたら、竜退治どころじゃなくなってしまう」

「なら、村長はどうしたらいいと思うんだ？」

なにか案はあるのかと迫られたラジャが、思案しながら言葉を紡ぐ。

「そうだな……、皆の言う通り、領主は頼りにならないだろうし、かと言って俺たちだけで竜に立ち向かうのは無謀すぎる。だが、幸いその竜は人間の言葉が分かるようだ。どうにかして竜に立ち退《の》いてもらうしかないだろう」

「どうにかしてって……、まさか竜を説得するってこと？」

驚いて聞いたノアに、ラジャが頷《うなず》く。

「ああ。言葉が通じるなら、交渉もできるかもしれない。なにか望みがあるのなら、それを叶《かな》えれば大人しく立ち退いてくれるかもしれないだろう？」

もちろん交渉には俺が行くと、そう言うラジャに、村人たちが顔を曇らせる。

「相手は竜だぞ。いくら言葉が通じても、説得なんて無理に決まってるだろう」

「そうだぞ、ラジャ。それに、もしも竜が無理難題を言い出したらどうするんだ。例えば、生け贄を捧げろとか……」

一人の言葉に、生け贄だと、と一同に動揺が走る。

ざわつく彼らを、ラジャが再びなだめようとした。

「落ち着いてくれ、皆。まだそうと決まったわけじゃない」

「でも、その竜は人を食うんだろう？」

食うぞと襲いかかられ、命からがら逃げてきた男を見やって、一人が言う。

「人喰《ひとく》い竜なら、生け贄を要求するかもしれないじゃないか。もしそうなったらどうするんだ？」

その問いかけに、集まった村人たちがシンと静まりかえる。

もしも、竜が生け贄を要求したら。そうしたら、この村の誰かを生け贄として差し出すのか——。

黙り込んだ村人たちを見渡して、ノアはこくりと喉を鳴らした。震える指先をぎゅっと握って、口を開く。

「……オレが」

押し出した声は、かすれて今にも消えてしまいそうだった。一同の視線が自分に集まるのを感じ、緊張に肩を強ばらせながら、ノアは言い直す。

「オレが、生け贄になります」

「……っ、なにを言うんだ、ノア」

ノアの言葉に真っ先に反応したのは、ラジャだった。

「馬鹿なことを言うんじゃない。お前を生け贄になんて、そんなこと認められるわけないだろう……！」

「そうだぞ、ノア。お前を竜の生け贄なんぞにしたら、俺たちはユーゼフに顔向けできない」

先代の村長、ラジャの祖父の名を出した一人に、他の村人たちも大きく頷く。彼らが本気で自分をとめようとしてくれていることが伝わってきて、ノアはこんな時なのに嬉《うれ》しくなってしまった。

——十七歳のノアは、元は隣村の生まれだ。

しかし、十五年前に流行《はや》り病《やまい》でその村は全滅。ノアの両親も、幼い息子を旅人に託してすぐ亡くなってしまったらしい。ノアはその旅人によってこの村に連れてこられ、村長だったユーゼフに引き取られた。当時二歳だったノアはもうなにも覚えていないが、ユーゼフも息子夫婦を同じ病で亡くしたばかりで、残された孫のラジャと共に二人暮らしを始めたところだったそうだ。

隣村とはいえ、北方にあり比較的緑豊かだったノアの村と、周囲を砂漠に囲まれたこの村はだいぶ距離があり、住んでいる人間も人種が異なっていた。日に焼けても白いままのノアと違い、この村の人たちは皆生まれつき褐色の肌をしている。髪の色は同じ黒だが、瞳の色はノアの方がだいぶ薄い茶色をしていた。

肌の色や瞳の色だけでなく、ノアは顔立ちそのものもこの村の人たちとはかなり違う。目鼻立ちがはっきりした美男美女揃《ぞろ》いの村の中で、ノアは鼻も口も小さめで目ばかりが大きく、童顔だ。同年代の子供たちと比べて背も低く小柄で、幼い頃からどこか小動物を思わせる雰囲気をしていた。

しかし、自分たちと見た目が明らかに違うノアを、村人たちは誰も差別などせず受け入れてくれた。この村でも同じ流行り病で幾人もが命を落としており、生き残りのノアに同情してくれたということもあったのだろう。加えて昔から子供は村の宝で、村人全員で育てるものという習わしだったため、ノアは他の子供たちと分け隔てなく叱られ、褒められ、そして愛されて育った。

特に十歳年上のラジャは、ノアを本当の弟のように可愛《かわい》がってくれた。友達とケンカしても必ず味方になってくれたし、ノアの好物はいつも譲ってくれた。常に頼れる兄の後をついて回っていたせいか、ややのんびりおっとりした性格に育ったノアだが、昔から小柄な割に体は丈夫で、身体能力も高かった。加えて村一番の弓の名手であるラジャから直接教わったおかげで、今ではラジャにも匹敵する狩りの腕前の持ち主だ。

優しかったユーゼフが昨年天寿を全《まっと》うし、まだ若いが聡明で、村人たちの信頼も厚いラジャが村長となってから、ノアはラジャを支えて村のために尽くしてきた。自分を育ててくれた村人たちのため、ラジャのために少しでも役に立ちたい、その一心で狩りの腕も一層磨いたし、将来を見据えて周囲の村とも積極的に交流してきた。

（……だから、生け贄にはオレがなるべきだ）

やめろ、駄目だと口々に言う村人たち一人一人の顔を見回して、ノアは心の中でその思いをますます強くした。

この人たちの役に立ちたい。

皆を助けたいし、守りたい――。

「生け贄には、オレがなります。誰かが竜に食われなきゃならないのなら、オレが行きます」

竜に食べられるなんて、誰だって嫌に決まっている。ノアだって、食べられたいだなんて微塵《みじん》も思っていない。

けれど、誰かを選ばなければならないのなら。

誰かが犠牲にならなければならないのなら、それは自分が一番適任だ。

自分には血の繋《つな》がった身寄りもないし、それにこの村の人たちに育ててもらった恩がある。皆は優しいからきっとそんなこと考えるなと言うだろうが、生け贄になれば皆に恩返しすることができる。

そう思い、改めて告げたノアだったが、ラジャは険しい顔つきで首を横に振る。

「駄目だ。お前を生け贄になんて、絶対にさせない」

「兄さん、でも……！」

反論しようとしたノアはしかし、ラジャの鋭い視線に黙らざるをえなかった。はあ、とため息をついて、ラジャが言う。

「ノア、なにもお前に限った話じゃない。俺は、誰一人として村の者を生け贄にするつもりはないんだ」

「……っ、じゃあどうやって……」

相手は獰猛《どうもう》な竜なのだ。

きっと生け贄を要求してくるだろうし、拒めばなにをされるか分からない。万が一暴れられたら、こんな小さな村などひとたまりもないだろう。

誰一人犠牲にせず、どうやって竜を説得する気かと聞いたノアに、ラジャは険しい表情で唸った。

「……まだ竜が生け贄を要求してくると決まったわけじゃない。まずは話をしてみて、それで生け贄を要求してきたら、家畜を差し出す」

ラジャの一言に、その場に集まった誰もが沈んだ表情を浮かべる。

「家畜か……」

「仕方ない。それしかないだろう」

頷き合う村人たちの顔色が一様に冴《さ》えないのは、近年凶作続きで、どこの家もすでに大半の家畜を手放してしまっているからだ。沈痛な面《おも》もちの一同を見渡して、ラジャが言う。

「厳しい状況なのは分かってる。誰も余裕なんてないだろう。それでも、竜を追い払わないことにはあの森を使えない。どうか皆、分かってほしい」

砂漠に囲まれたこの村にとって、件《くだん》の森は唯一の狩り場だ。木の実や果実を採集したり、燃料となる木材を調達したりと、これから訪れる厳しい冬に備えるためにも、あの森は欠かせない。

「生け贄を要求された時には、どの家からも平等に家畜を出してもらう。足りない分は、俺が負担する」

腕組みをしたラジャは、眉を寄せて続けた。

「見込みは薄いが、領主様にも兵を派遣して下さるよう、訴状を出そう。それから、近隣の村にも協力を仰ぐつもりだ。うちの村が潰れたら、隣村だって次は自分たちの番だからな」

竜の脅威を訴えて、なんとか協力を引き出してみせると言うラジャに、一同も頷く。

「ああ、そうする他ないな」

「ノア、だからお前も生け贄になるなんてもう言うなよ。お前はこの村の大事な一員なんだからな」

「そうだぞ。自分だけが犠牲になろうなんて、そんなことは考えるな。いくら余裕がなくても、仲間を生け贄にするなんて誰も認めないからな」

　口々にそう言われて、ノアは言葉を呑《の》み込み、どうにか頷いた。

「……分かった」

　よし、と頷いた村人たちが、額を合わせて相談し始める。

「とにかく、まずは竜の様子を確認しないとな。若い奴を中心に、五、六人で偵察に行って……」

「いや、誰も危険にさらすわけにはいかない。ここは俺一人で行く」

「なにを言うんだ、ラジャ。あんたになにかあったら、それこそこの村の未来が……」

　男たちの輪からそっと離れて、ノアは部屋を出た。音を立てないよう静かに廊下に出て、壁に背をつけてため息をつく。

（……皆はああ言うけど、でもこの村に家畜を差し出す余裕なんてない）

　今残されている家畜たちは、次の春に増やすために必要なギリギリの頭数だ。竜はとても大きいという話だし、生け贄に差し出すとなったら一頭や二頭では到底足りないだろう。

　家畜を生け贄にして竜を追い払い、冬を越すことができたとしても、来年は豊作とは限らない。また凶作だったら、売るものがないこの村は、どのみち立ち行かなくなってしまう。

（もちろん、兄さんも皆も、それは分かってるはずだ。それでも家畜を差し出すのは、この村の人間を生け贄にしたくないからだ……）

村の者を犠牲にはしない。その考えはとても人道的で、正しいのだと思う。

けれど、それで今この時は乗り越えられても、来年の冬は越せるかどうか分からない——。

俯《うつむ》いたノアが唇を引き結んだ、その時だった。

「ノア……」

廊下の向こうから、そっと声をかけられる。顔を上げるとそこには、おなかの膨らんだ女性がいた。

三年前にラジャと結婚した、ミランだ。

「義姉《ねえ》さん……」

「ラジャが竜と交渉しに行くって、本当？」

部屋の会話が聞こえていたのだろう。妊娠して半年を迎えるミランに、ノアは躊躇《ためら》いつつも頷いた。

「……うん。兄さんはそのつもりみたい」

「そう。……言い出したらきかない人だものね」

視線を落としたミランが、不安そうにおなかをさする。

無事に戻ってこられるのか。もし夫が戻ってこなければこの子は、この村はどうなってしまうのか。

幼なじみでもある義姉の不安が手にとるように分かって、ノアは小さく呟《つぶや》いた。

「……大丈夫だよ」

「え……？」

聞き返したミランになんでもないと頭を振って、ノアは微笑《ほほえ》んだ。

「奥に行こう、義姉さん。こんなところにいたら、体が冷えちゃうよ」

お茶煎《い》れてあげる、とミランを促しながら、ノアは心の中で決意したのだ。

ラジャが竜と交渉する前に、自分が生け贄になることを——。

暗闇の中、松明の灯りに照らされた金色の瞳がぎらりと光る。

その黄金の瞳に浮かぶ真っ黒な瞳孔の冷たさに、ノアは震え上がった。

「食え、だと？」

「……っ」

なにを言っているとばかりに、赤竜が低く太い声を轟かせる。ノアは思わず身を強ばらせ、息をひそめてぎゅっと拳を握りしめた。

ミランにお茶を煎れた後、ノアはこっそり村を抜け出し、一人で森にやって来ていた。この森にはもう何度も狩りのために訪れているが、いつも馬を休めるために小川に立ち寄るため、反対側に来たのは初めてだ。

（こんなに大きい洞窟があるどころか、そこに竜が棲《す》みついていたなんて……）

竜なんて、遠い国の生き物だろうとばかり思っていた。

まさか自分が目にするなんて思っていなかったし、こうして相対するどころか、言葉を交わす日が来るなんて考えたこともなかった。もちろん生け贄になるなんて、もってのほかだ。

（兄さんはきっと、オレが一人でこんなところに来たって知ったらすごく怒るだろうな）

生け贄なんて絶対に認めないと言っていたラジャを思い出し、ノアは心の中でごめんなさいと謝る。

兄にも、村の皆にも、申し訳ないことをしている自覚はある。けれど、村のためにはこうするのが一番だという考えを変えるつもりはなかった。

（……村を助けるためには、どうにかしてこの竜を説得しないと）

震えているばかりでは、ここに来た意味がない。

深紅に輝く巨大な生き物を見上げて、ノアは強ばる舌を必死に動かした。

「む……、村にはあなたに家畜を差し出す余裕がありません。ここ数年凶作続きで、みんな食べていくのがやっとなんです。だから、オレが生け贄として来ました」

ごつごつとした岩に正座していたノアは、そのまま岩に手をついて頭を下げた。

「お願いします！　オレを食べて、ここから立ち去って下さい……！　あなたがここにいると、村の者が森に立ち入れません。この森で狩りや採集ができなければ、村は冬を越せないかもしれない……！」

「…………」

「オ……、オレじゃあんまり美味《おい》しくないかもしれないけど、でも、どうかオレで我慢してもらえませんか。どうかオレを食べて、どこか遠くへ行ってもらえませんか」

お願いします、と懇願し続けるノアに、竜はしばらく無言だった。

じっとノアを見つめ続け、ようやく口を開く。

「……何故《なぜ》、そこまでする？」

「え……」

まさか竜に疑問を投げかけられるとは思っておらず、ノアは一瞬きょとんとしてしまった。聞き間違いだろうかと身を起こして瞬きをするノアに、竜がもう一度問いかけてくる。

「お前は別に、死にたいわけではないのだろう？　それなのに何故、自ら生け贄になりに来たのだ。村のためと言うが、何故そこまでする？」

腹の底まで響いてくる低い声は、明らかに人間のものではない。しかし、その言葉には確かに知性が感じられた。

獣とは異なる、理性的な思考が。

（てっきり、すぐに食べられるんだろうと思ってたのに……）

食うぞと村の者に襲いかかってきたという話だっ

たし、よほど腹を空《す》かせているのだろう。自分一人じゃ足りないと言われるかもと、そんな心配しかしていなかったノアは、思わぬ問いかけに面くらいながらも、おずおずと答えた。

「あ……、あの、オレ、実は隣村の生まれなんです。でも、小さい頃に流行り病で村が全滅して、今の村に引き取られて……。皆、身寄りのないオレに優しくしてくれたんです。だから、親のないオレにとってあの村の人たちは皆、大事な家族なんです」

村の子供たちと同じように、分け隔てなく育ててくれた村人たち。その彼らを助けるためなら、自分の命だって惜しくはない。

「オレはあの村の人たちに返しきれないほどの恩がある。だから……、だからどうしても、村を助けたいんです。なにをしてでも……！」

竜に人間の情が通じるかどうかなんて分からない。けれど、これが今の自分の嘘偽りない気持ちだ。


たとえ信じてもらえなくても、それがどうしたと言われようとも、精一杯訴えるしかない。

ノアは竜を見つめると、込み上げてくる恐怖をぐっと堪《こら》えてもう一度頭を下げた。

「お願いします！　オレを食べる代わりに、村の人たちには手出ししないで下さい！　どうかここから立ち退いて下さい……！」

「…………」

必死に懇願するノアを、赤い竜は再びしばらくじっと見つめてきた。

やがて、その大きな黄金の瞳を一度瞬きさせ、不機嫌そうに唸る。

「……俺は、人間は食わん」

「……え……」

「信じる信じないはお前の自由だがな」

言うなり、竜がその場に巨軀を横たえる。ドッと衝撃で地面が揺れ、パラパラと小石が辺りに散らばって、ノアは反射的に身を強ばらせた。

ノアから視線を逸《そ》らした竜が、どこか遠いところを見るように目を細めて呟く。

「……俺も、母を亡くした」

「母って……」

竜にも親がいるのか。考えてみれば当たり前のことだが、まるで想像していなかったその一言に、ノアは驚いてしまう。

目を見開くノアをよそに、竜がぽつりと告げる。

「俺にとって母は、唯一の肉親だった。……それで、こんなところにいる」

「……っ」

伏せられた黄金の瞳に、暗い影が落ちる。

美しくも儚《はかな》い、見ているだけで心が締めつけられるようなその瞳に、ノアは思わず言葉を失ってしまった。

なんて悲しそうな、……寂しそうな目を、するんだろう。

この竜はきっと母を深く敬愛し、未だにその死を悼んでいるのだ——……。

洞窟の天井にいた蝙蝠《こうもり》が二、三羽、パタパタと竜の頭にとまる。竜は特にそれを追い払うでもなく、固まっているノアを見やって素っ気なく告げた。

「生け贄はいらん。家畜もだ。俺はもう何年も前からずっとここにいるんだ。今更お前たち人間を襲うつもりはない。……分かったら去れ」

「……いらない？」

——口から火を吐き、大きな翼で縦横無尽に空を飛び、人々を恐怖に陥れる、巨大な怪物。

獰猛で邪悪な人喰い竜とはとても思えない言葉に、ノアは訳が分からず混乱してしまう。

しかし赤竜は、くるりと回した太い尾に顎を乗せて枕代わりにすると、目を閉じて言った。

「俺はただ、ここで一人で静かに過ごしたいだけだ。

邪魔をしなければ誰も襲わんから、狩りでもなんでも好きにすればいい。村の者にもそう伝えろ」

「で……、でも……」

好きにすればいいと言われても、竜がいると分かっていて森に入るなんて、恐ろしくてできるはずがない。そう訴えようとしたノアだったが、竜はじろりと片目だけ開けると、細くなった尾の先を苛々と地面に打ちつけて言う。

「……分からん奴だな。これ以上ここにいるなら、本当に食うぞ」

「……っ」

「さっさと去れ、ニンゲン……！」

地に轟くような低く太い声で脅され、その大きな牙を剥いて唸られて、ノアはなにを考える余裕もなく慌てて立ち上がった。岩の上に置いていた松明をひっ掴《つか》み、身を翻して出口へと駆ける。

洞窟から飛び出したノアは、鬱蒼《うっそう》とした暗い森の中を無我夢中で走り抜けた。

「……っ、は……！」

獣道を抜け、森の外に走り出たところで、ノアはようやく立ち止まった。

両膝に手をつき、ハアッ、ハッと荒い呼吸を整えながら、茫然《ぼうぜん》と地面を見つめる。

（ど……、どうしよう……。オレ、逃げてきちゃった……）

生け贄として行ったというのに、食うぞと脅されて反射的に逃げ出してしまった。これではなんの意味もない。

ハ……、と息を切らしながら顔を上げて、ノアは空を見つめた。

夕暮れが迫る空は、真っ赤に染まっていた。地平線の向こうに、今にも燃え落ちようとしている太陽と、昇り始めたばかりの赤い満月が見える。

白と赤、双《ふた》つの月が昇るこの世界では、白い月が新月となる夜、赤い月が満月を迎える。オラーン・サランと呼ばれるその夜の始まりであるこの一時は、世界が最も赤く染まる瞬間だった。

赤々と照らされた世界に、先ほどの竜の見事な深紅の鱗を連想せずにはいられなくて、ノアは後ろの暗い森を振り返った。

あの大きな竜は、この森の奥の暗い洞窟に今も一人でいるのだ――。

(……人間は食べないって、言ってた。もう何年も前からあの洞窟にいるって……)

あそこに洞窟があることは今まで村の誰も知らなかったし、それに洞窟の蝙蝠たちも竜の存在に慣れている様子だった。竜が数年前からいたというのは、きっと本当のことなのだろう。

『俺にとって母は、唯一の肉親だった。……それで、こんなところにいる』

竜の言葉を思い出して、ノアは視線を落とした。

(……悲しそうな、目をしてた)

あの竜は一人で静かに過ごしたいだけだと言っていたけれど、言葉とは裏腹に、その目はひどく寂しげだった。

人間のものとは明らかに違う、細い瞳孔の浮かぶ黄金の瞳は、けれど人間と同じ、……自分と同じ、孤独を抱えていた。

(あの竜……、ずっと一人であそこにいるつもりなのかな)

食うぞ、去れと怒る竜は、確かに恐ろしかった。生け贄として来たことも忘れて、逃げてしまうくらいに。

けれど、彼は自分と同じように肉親を失い、傷ついている。

そしてそのそばには仲間も、話し相手すらもいないのだ――……。

「ノア!」

と、そこで不意に名前を呼ばれて、ノアは弾《はじ》かれたように顔を上げた。

見れば、丘の向こうからラジャが馬でこちらに駆けてくるところだった。隣には、来る時に森の外で野に放したノアの愛馬もいる。

どうやらこちらに来る途中でノアの馬を見つけ、連れてきてくれたらしい。

「ミランがお前の様子がおかしかったって言うから、まさかと思って来てみたんだが、お前……！」

「ま……、待って、兄さん」

目を怒らせる兄に駆け寄って、ノアは口を開いた。

「あの竜は——……」

——夕闇が、辺りを包み込む。

赤い満月《オラーン・サラン》の夜が、始まろうとしていた。


グルル、と喉を鳴らして、赤い竜、エルドラドはその大きな口からため息を漏らした。

「……騒がしい小僧だった」

うんざりと呟き、先ほど『ニンゲン』が出ていった洞窟の出口を見やる。

差し込む赤い光は、常の夕陽よりも強く、濃い。

その理由に気づいた途端、一層気が滅入《めい》ってしまって、エルドラドは呻《うめ》いた。

「オラーン・サランか……」

忌々《いまいま》しさに拍車がかかり、目眩《めまい》を覚える。

深紅の光をこれ以上見たくなくて、エルドラドは固く目を閉ざした。

（……俺にはもう、関係のないことだ）

母を失い、本来の姿を失い、もう十五年もの年月長命な竜人族にとって、それは一生のうちのわずかな時間ではある。だが、失ったものは大きく、そして二度と取り戻すことはできない。

だからもう、誰とも関わる気はないし、同族のもとに戻るつもりもない。

赤き月の縁《えにし》など、自分にはもう、結ばれようもない絆《きずな》だ——。

と、その時、キイッという小さな鳴き声と共に、先ほど人間を追い払った時に驚いて逃げていった蝙蝠たちが舞い戻ってきた。エルドラドはちろりと片目を開け、フンと鼻を鳴らして言う。

「静かにせんと、お前らもそのうち食ってしまうぞ」

うそぶくエルドラドをからかうように、キイキイと小さな羽根を羽ばたかせた蝙蝠が鼻先に移動する。自分をまったく恐れる様子のない小さな同居人に、エルドラドは諦めて再び目を閉じた。

（……俺を都合のいい岩場かなにかだと思っているのではないだろうな）

各地をさまよい、ようやく身を落ち着けられる場所を見つけて、数年。蝙蝠という先住者はいるものの、静かで穏やかなこの洞窟は居心地がよく気に入っている。

だというのに、あろうことか人間に見つかるなんて、厄介なことになってしまった。

（あの小僧、最初に来た男よりは多少肝が据わっている様子だったが、それにしても俺の言葉を信じたかどうか……）

生け贄として来ましたと言っていたニンゲンを思い出し、エルドラドは鼻の頭に皺《しわ》を寄せた。

生け贄なんて馬鹿馬鹿しいことこの上ないが、自ら食べて下さいと身を捧げに来るなんて、もっと馬鹿馬鹿しい。村の窮状を救うために命をなげうつなんて、いくらなんでも自己犠牲が過ぎるだろう。

（……育ててもらった恩があるから、か）

細い肩を落とし、幼い頃に流行り病で両親を亡くしたと言っていた姿を思い出す。親のない自分にとって村の者は皆大事な家族なのだと、そう言っていた彼は、話から推察するにおそらく十七、八歳くらいだろう。しかし年齢の割には小柄で、随分ちんまりしたニンゲンだった。

自分と相対した彼からは、深い恐怖の匂いがした。彼が自分を恐れていたことは間違いない。

だが、どうしても、なにをしてでも村を助けたいとそう訴える彼の瞳は、驚くほどまっすぐで強く、純粋だった。

弱く愚かなはずの人間とはとても思えないその瞳に、思わず自分も母を亡くしたのだと、余計なことを口走ってしまっていた――……。

（……俺の事情など、ニンゲンどもにとってはどうでもいいことだろうに）

彼らにとって大事なのは、エルドラドが何故ここにいるのかではなく、どうやったら立ち退かせることができるか、その一点だろう。だが、ようやく見つけた安住の地を、そうやすやすと手放すつもりはない。

（とはいえ、あの小僧がそのまま伝えたところで、村の者たちが信じるかどうかは分からない。思いあまって、俺を退治しようと大挙して押しかけてくる可能性もある）

一番面倒くさい展開を考えて、エルドラドは低い呻き声を漏らした。

人間が幾人束になってかかってこようがなんということはないが、それでも群がられて不快を感じないわけがない。

それに人間はとにかく数が多く、そしてしつこい。追い払っても追い払っても、すぐに次の人間が自分を排除しようとやってくるだろう。

かといって、ここから出てまた一人になれる場所を一から探すのは面倒だ。この姿しかとれない自分は人間に目撃されやすく、その上すぐに攻撃の対象にされてしまう。

（……だからニンゲンは嫌いだ）

この洞窟に落ち着くまでも、幾度となく人間に追い立てられたことを思い出す。こちらがなにもしていなくても、人間は自分を見ると途端に恐怖に駆られ、例外なく攻撃してくるのだ。

本当に人間は愚かで煩わしいとげんなりため息をついたエルドラドが、尾の先をべしんと強く地面に打ちつけた、――その時だった。

「……うわっ」

洞窟に、驚いたような声が響く。パッと目を開けて身を起こしたエルドラドは、視界に映ったニンゲンの姿に呆気《あっけ》にとられてしまった。

「な……!?」

「あ、よかった、起きてた。もう寝ちゃったのかなと思いました」

にこにこと微笑みながらそう言う彼の声に、エルドラドが身を起こしたせいで再び慌てて飛び立った蝙蝠たちの抗議の声が重なる。キイキイと文句を言う蝙蝠たちをよそに、エルドラドは大きく見開いていた黄金の瞳をスッと細めて唸った。

「……なにをしに来た」

そこにいたのは、先ほどエルドラドが追い払ったあの黒髪のニンゲンだった。

慌てふためいて逃げていったばかりの彼が、何故こんなにすぐに戻ってきたのか。不可解すぎてまるで分からず、険しい表情を浮かべるエルドラドだったが、松明を持った彼はお構いなしに不安定な岩場をこちらに向かって歩いてくる。

「よ……、っと。なにをってわけじゃないんだけど……、強いて言うなら、あなたのことが気になって、かなあ？」

「……は？」

自分でもよく分からないと言いたげに首を捻《ひね》る彼に、エルドラドは固まってしまう。動かなくなったエルドラドの頭の上に、ちゃっかり者の蝙蝠たちがキイキイ舞い戻ってきた。ええいうるさい。

ぶるりと頭を振って邪魔者を追い払い、エルドラドは眼下のニンゲンを睨《にら》んで言った。

「その耳は飾りか？　俺は生け贄はいらんと言ったはずだ。ニンゲンなど食わないと……」

「うん、だから今度は生け贄として来たんじゃないんです。なんだろう、同居人としてって言うか、……お世話係として？」

「……世話係、だと？」

言っている言葉の意味が分からない。いや、言葉自体の意味は分かるのだが、どういうつもりでこのニンゲンがそんなことを言っているのか、まるで見当もつかない。

訳が分からず押し黙ったエルドラドだったが、彼はぴょんぴょんと岩場を跳んでエルドラドの前まで辿《たど》り着くと、その場に松明を置いた。ふうと呼吸を整え、にこにことこちらを見上げて言う。

「うん、お世話係。それならいいかなって。あ、あなたが生け贄はいらないって言ってたことと、村の皆が狩りに来ても襲う気はないって言ってたことは、ちゃんと伝えてきました。オレの兄さん、村長なんだけど、オレのこと心配して追いかけてきてくれて、森の外に出たところで会ったんだ」

それで兄に話したと、そう言う彼をじっと見下ろして、エルドラドは静かに混乱に陥っていた。

（……なんだ？　何故こいつは、俺にこんなに友好的に話しかけてくる？）

眼下のニンゲンは、先ほどとはまるで違う、ふわふわほわほわした匂いを発している。恐怖とはかけ離れたその匂いはあたたかく、優しくて、エルドラドが人間から感じる初めての匂いだった。

（なんだ、これは？　懐かしい……？）

しかもどうしてか、その匂いには郷愁のような懐かしさがある。目の前の人間は確かに『ニンゲン』なのに、どうしてこんな匂いがするのか、訳が分からない。

おまけに、ふわふわほわほわしているのは彼の表情も同じで、逃げる前は強ばっていたはずの顔は、今は笑みを浮かべている。人間から笑顔を向けられるなんて、今までただの一度も経験したことがないエルドラドは、ますます困惑してしまった。

（一体どういうつもりだ、こいつは……）

先ほど追い払った時には確かに、彼は自分を恐れていた。それから今に至るまで、自分は彼になにもしていない。だというのにここまで態度が変わるなんて、一体なにが起きたというのか。

なにか裏があるのか、いやしかし特に淀《よど》んだ匂いはしないしと、警戒するエルドラドを見上げて、彼がにこにこと続ける。

「兄さん、一応村の人たちにもそのまま伝えて相談するって言ってたけど、なんだかあんまり信じられないみたいだったから、じゃあオレがしばらく竜と一緒にいるよって言ったんです。オレが一緒にいても無事なら、皆もきっとあなたが人間に危害を加えないって信じてくれると思うから」

「……それで世話係、か？」

ようやく少し話が見えてきて、エルドラドは口を挟んだ。要するにこのニンゲンは、村の者を安心させるために戻ってきたということなのだろう。

しかし、エルドラドの問いに頷いた彼は、更に思いがけないことを言い出す。

「うん。それに、オレがあなたと一緒にいたいって思ったから」

「……なんだと？」

（俺と一緒にいたい？　ニンゲンが？）

今度こそ訳が分からなくて、エルドラドは大きく目を見開いた。聞き間違いか、いやしかし今はっきりそう聞こえたがと、愕然《がくぜん》としつつ聞き返したエルドラドに、彼が繰り返す。

「あなたと一緒にいたいなって。だって、なんか寂しそうだったから」

「な……」

「放っておけないなあって」

にこにこにこと、まるで他意のなさそうな笑顔で告げたニンゲンに、エルドラドはむっすりと渋い顔で唸った。

「……俺は好きで一人でいるんだ」

寂しそうとか放っておけないとか、そんなことを思われるなど心外だし、ましてや一緒にいてやるなんてお節介もいいところだ。

「世話係などいらん。分かったらさっさと……」

去れと、そう吼《ほ》えようとしたエルドラドだったが、それより早く、尾の先にほんのりと小さな温《ぬく》もりが伝わる。目を瞠《みは》ったエルドラドは、細くなった尾の先に小さな手が触れているのに気づいて声を呑み込んだ。

「……っ!?」

「ほら、やっぱり砂被《かぶ》っちゃってる。せっかく綺麗《きれい》な鱗してるんだから、ちゃんと洗った方がいいよ」

「なに……、なにをしている！」

うろたえ、振り払おうとしかけて、エルドラドは思いとどまった。今尾を払ったら、このニンゲンは岩肌に吹っ飛んで大怪我《おおけが》をするかもしれない。彼は翼のある蝙蝠とは訳が違うのだ。

（いや、こいつが怪我をしようがしまいが、俺には関係が……）

思い直しかけたエルドラドだったが、彼はその間にもエルドラドの尾にぎゅっと抱きついてくる。

「!? !?」

「あ、でも砂払ったらすごいサラサラ！　気持ちいー」

くすくすと笑いながら、エルドラドの尾に頬をくっつけてくる。

「はー、すべすべ」

「…………」

もうなにが起きているのかさっぱり理解できず、ただただ茫然とするばかりのエルドラドだったが、彼は構わずふにふにと頬擦《ほおず》りをして鱗の感触をしばらく堪能した後、そっと笑みを向けてきた。

「……あなたはさっき、お母さんを亡くしたからこんなところにいるって言ってた。本当に一人で平気な人なら、『こんなところ』なんて言わないよ」

「……言葉の綾《あや》だ」

指摘するような言葉になんとか我を取り戻し、仏《ぶっ》頂面《ちょうづら》で答える。すると彼はエルドラドの言葉を否定せず、ふんわりと笑った。

「そうかもね。あなたが寂しそうに見えたのも、オレの気のせいかも。……でも、少なくともオレは、今まで自分が一人じゃなくてよかったなって思ってるから」

尾をいったん離した彼が、エルドラドの前足に寄り添うようにして立つ。なにを、と思う間もなく、彼はエルドラドの前足に両手と額をぴったりくっつけてきた。

「……オレがあの村に引き取られたのは二歳の時で、だからもう親の顔も覚えてない。でも、オレは今まで村の皆がそばにいてくれたから、寂しくてもなんとかやってこれたんだ」

「…………」

「あなたは一人でいたいと思ってるみたいだけど……、それでもやっぱり、ずっと一人でいるのは、寂しいよ」

ぽつりと呟かれた一言は、簡単に否定することができない重みを伴っていた。黙り込んだエルドラドに、彼が苦笑を浮かべる。

「もちろん、小さい頃に親を亡くしたオレと、ずっと一緒にいた大切なお母さんを亡くしたあなたとじゃ、悲しさも寂しさも違うものだって分かってる。でも、だからこそあなたは一人でいちゃいけないと思う。失ったものは取り戻せないけど……、だからって一人でいたら、ずっと寂しいままだよ」

「……勝手な言い分だな」

低い声で呟き、エルドラドは故郷を出てきた時のことを思い返した。

あの時、同族の仲間たちは皆、自分を引き留めてくれた。

たとえ姿形が変わっても、一緒に暮らしている仲間もいる。エルドラドが旅立つ必要はない、と。

(……だが俺は、もう二度と母を失った時のような思いをしたくなかった。誰かを愛してしまったら、その相手を失った時、また同じ苦しみを味わわなければならない)

それが嫌だから一人になりたいと、そのエルドラドの思いを、仲間たちは最後には理解し、尊重し、受け入れてくれた。

ニンゲン風情にそんな事情まで打ち明ける気はないが、だからと言って一人でいてはいけないと、そんなことを初対面の彼に言われる筋合いはない。

「俺は一人でいたいんだ。そのためにここにいる。同居人も世話係も、いらない」

「でも……」

「黙れ!!」

バシンッと強《したた》かに尾を地面に打ちつけ、エルドラドは怒号を轟かせた。反射的にだろう、びくっと彼が肩を揺らす。

小さな、ほんの一吹きで消し飛ばしてしまえそうなほど小さなニンゲンを見下ろして、エルドラドは吼えた。

「いい気になるなよ、ニンゲン！　俺はお前に、そばにいてくれと頼んだ覚えなどない……！」

「……っ」

「去れ!!　二度とここには来るな！」

怒りのままに叫んで、エルドラドは黄金の瞳を眇《すが》めた。これでこのニンゲンも懲りて、一目散に逃げるだろう。

——そう思った、次の刹那。

「い……、嫌です」

震えた声が、洞窟に響く。

今にも掻《か》き消えそうな、しかしきっぱりとした拒絶に、エルドラドは当惑した。

「……なんだと？」

思わず聞き返したエルドラドを見上げた彼が、ぎゅっと両の拳を握りしめて言う。

「嫌ですって、言いました。オレ、帰りません。だってこのまま村に帰っても、絶対あなたのことが気になって仕方ないだろうから」

「…………」

「世話係がいらないなら、話し相手でもなんでもいい。オレはここにいます。勝手に住み着きます」

緊張した声でそう宣言した後、小さなそのニンゲンはふうとひと呼吸《いき》ついた。そしてまたにこ、と微笑みを浮かべて告げる。

「オレはノア。赤い竜、あなたの名前は？」

「……エ……」

あまりにも自然に聞く彼にうっかり名乗りかけて、エルドラドは途中で口を噤《つぐ》んだ。ぐっと双眸《そうぼう》を険しくして唸る。

「教えるわけがないだろう。出ていけと言っているんだ、俺は……！」

「だから、それは嫌だって。もー、分かんない人だなあ。あ、竜か」

やれやれとばかりに肩をすくめたノアが、おかしそうに笑ってその場に座り込む。

ぴったりと自分に寄り添うようにして背を預けてきたノアに、エルドラドはすっかり面くらってしまった。

「……なにをしている」

「今日はもう日も暮れたから、とりあえず休もうかなって。生活に必要なものとか、明日村から取ってくるね」

毛布とか調理器具とか、と指折り数えるノアの元に、蝙蝠がパタパタ舞い降りてくる。こんちは、これからよろしくねと笑顔で挨拶しているノアに、エルドラドは地を這うような声で唸った。

「取ってこなくていいし、ここで休むな！　さっさと村に……」

「尻尾《しっぽ》、枕にしていい？」

「するな！」

エルドラドの怒声などどこ吹く風で、身を丸めたノアはちゃっかりと尾を抱き込み、ぽふんと頭を預けてくる。

（この……！）

もうこいつがどうなろうが構わない、振り払ってやろうとそう思うのに、尻尾の先に感じるあまりにも頼りなく小さな温もりに、どうしても振り払うことができなくなる。

自分がその気になれば、簡単に消えてしまう命。彼自身だってそれは分かっているだろうに、何故こんなにもあっさりと懐《ふところ》に潜り込んでくるのか。

何故このニンゲンからは、自分を恐れる匂いがしないのか——。

（俺を侮っているのか？　だとしたら尚更、痛い思いをさせて思い知らせてやらなければ……）

そう思うのに、少し尾を払えばいいだけのことだと分かっているのに、どうしても尾を動かすことができない。

小さな、爪の先ほどの小さな温もりを振り払うことが、どうしてもできない――。

「……っ、……っ、……っ！」

何度も息を詰めて悔しがるエルドラドに気づいた様子もなく、ノアがふあああ、とのんきなあくびをして言う。

「なんか今日は色々あったから疲れたなあ。安心したら眠くなっちゃった」

「安心!?」

安心と言ったか、今。この状態で、この状況で、安心と。

愕然とするエルドラドをよそに、ノアはぽやぽやした声で続ける。

「ねむ……。明日は名前、教えてね……。あかい、りゅ……」

「誰が教えるか！　……おい、寝るな！　おい！」

洞窟の高い天井に、焦りきったエルドラドの声が響き渡る。

入り口から差し込む赤い光は濃く、強く、しかしまだ二人の元までは届かずにいた――……。

ふよんふよんと目の前で揺れる花に、エルドラドはふんとこれみよがしに鼻を鳴らした。

いっそ散れとばかりに勢いよく息を吐き出してやったのに、鮮やかな黄色のその花は相変わらずこちらをおちょくるようにふよふよ揺れるだけだ。しぶとい。

「それで、ここからちょっと行ったとこに、この花がいっぱい咲いてる野原があってさ」

揺れる花を握りしめてそう言うのは、先日この洞窟に現れ、勝手に住み着いたニンゲン、ノアである。何が楽しいのか、小さな体をめいっぱい反らし、こーんなに、と腕を大きく広げて笑う。

「ちょうど満開で、すっごく綺麗なんだ！　だからエルドも行こうよ！」

「……断る」

ふんっと先ほどより強く息を吐き出して、エルドラドは素っ気なくそっぽを向いた。

ノアと名乗るこのニンゲンがエルドラドの静かで穏やかな生活を乱し始めて、数日が経った。

あの夜、エルドラドがいくら寝るな起きろと喚《わめ》いてもぐっすり眠り込んで起きなかったノアだが、翌朝太陽と共に目覚めるなり、エルドラドの名前を聞きたがった。

『んー、よく寝た！　おはよう、えっと……、そうだよ、まだ名前聞いてなかった。赤い竜、名前はなんて言うの？』

『…………』

『ん？　なんか疲れてる？』

げっそりした表情のエルドラドに気づき、首を傾《かし》げるノアに、お前のせいだと喉まで出かかった呻きをなんとか堪えた自分を褒めてやりたい。

まさか誇り高い竜人である自分が勝手に尾を枕にされた上、その張本人であるこのニンゲンをうっかり潰してもしたらとヤキモキして一睡もできなかったなんてそんなこと、口が裂けても言えない。

『……起きたのならさっさと村に帰れ』

昨夜はこの洞窟に住むなどと戯言《たわごと》を言っていたニンゲンだが、まさか本気ではあるまい。万が一ここに居座るつもりだったとしても、こちらが反応しなければそのうち諦めるだろう。徹底的に無視してやればいいだけだ。

俺は寝る、と前足を枕に目を閉じたエルドラドだったが、小さなニンゲンは同居人の蝙蝠たちよりも遙かにうるさかった。

『だから、帰らないってば！　それより名前、教えてよ』

『…………』

『教えてくれないなら、勝手に付けるよ？　そうだなあ、リューちゃんとか！』

『やめろ！』

――今思えば、初手から手玉に取られてしまったのが悪かった。

教えてくれなきゃずっとリューちゃんって呼ぶからな、とぴいちくぱあちくうるさい押しかけ同居人に根負けし、名前を教えた途端、エルドなんて愛称まで付けられてしまった。そんな呼び方をするなと睨んでも、見た目の割に図太いニンゲンはまるで意に介す様子もない。

もはやエルドラドにできるのは、オレのことはノアって呼んで、としきりにねだるニンゲンを無視することくらいだった。

しかしこのニンゲンは、やれ美味しいスープを作ったから一緒に食べようだの、それ湖まで散歩しようだの、毎日飽きずめげずへこたれず、にこにこと話しかけてくる。

今もそうだ。

「でもエルド、もうずっとこの洞窟に籠もりっぱなしじゃん。そんなんじゃ体に悪いよ。少しはお日様浴びないと」

「………」

「それに、本当に綺麗な花畑なんだって！　オレ、見つけた途端感動しちゃって、エルドにも見てほしいなって！」

すっごいんだよ、と満面の笑みを浮かべて誘うノアに握られた花が、またふよんふよんと揺れる。

ちろりと片方だけ瞼《まぶた》を開けてその花を見やったエルドラドは、べんべんと機嫌悪く尾の先を地面に叩《たた》きつけながら、ふんと三度鼻を鳴らした。

「そんな花がいくら咲いていたところで……」

「……あ……」

しかしそこで、ノアが唐突に声を上げる。

なんだ、と目を開けたエルドラドは、目の前の光景にぎょっとした。

「……っ」

「花が……」

先ほどエルドラドがいくら散れと念じても散らなかった花が、ぱらりと一片、花弁を散らしてしまったのだ。

「……散っちゃった」

ぽつんと呟くノアは、その細い肩をすっかりしょげさせている。

「早く生けてあげればよかったな……。悪いことしちゃった」

「っ、い……、いや、それは……」

「エルドに見せたくて、つい話に夢中になっちゃったから……」

しょぼんと俯いたノアが、岩の窪《くぼ》みに水を注ぎ、そこに花を生ける。散り落ちた花弁も拾い上げ、そっと水面に浮かべたノアは、そのままじっと黙って花を見つめていて、エルドラドはなんと声をかければいいか分からなくなってしまった。

（……っ、いつもはいくら黙れと言ってもうるさい癖に、花が散ったくらいでなんなんだ……！）

悲しげに花を見つめるその横顔を見ていると、こちらが悪いわけではないのに何故だか罪悪感が込み上げてくる。散ってしまえばいいのにと思っていたものだから、余計だ。

こんなことなら、初めからもっとちゃんと花を見てやればよかった。綺麗だなとか、それくらいの世辞は言えたかもしれないのに。

（いや、こいつが勝手に摘《つ》んできたんだから、別に俺が反応してやる義理はない……！）

頑《かたく》なにそう思って、エルドラドはノアからぷいと顔を背けた。

このちっぽけなニンゲンが花が綺麗だとはしゃごうが、散って悲しもうが、自分には関係ない。

——ない、けれど。

「……くそ……！」

低く呻いて身を起こすと、エルドラドはのしのしとノアに歩み寄った。憂い顔のその襟首《えりくび》をはむっと咥《くわ》え、首を回して自分の背に乗せる。

「えっ!?　な、なに、エルド!?」

「……摑まっていろ」

問いかけには答えず、ただそれだけ告げて、洞窟の外へと出る。久々に浴びる太陽の眩《まぶ》しさに目を細めたエルドラドは、べんべんと苛立ちまぎれに尾を岩場に叩きつけながら唸った。

「どっちだ」

「え？　なにが……」

「その花畑だ」

どっちだ、と繰り返しながら後ろを振り返ると、背に乗せたノアが当惑しつつもあっち、と指さす。

「あっちだな。分かった」

方向を確認したエルドラドは、背にぐっと力を込めると、ずっと折り畳んでいた翼を広げた。錆《さ》びついたような感覚を振り払おうと二、三度羽ばたかせると、背の上でノアが息を呑む。

「……っ、え……、え、あの、エルド？」

「行くぞ」

一声かけるなり、エルドラドはぐんっと翼に力を入れて大空へと舞い上がった。

「うわ、わ、わ！」

仰天したような声を上げ、ぎゅっとしがみついてくるノアに、少し胸がすく。

「ちょ……っ、エルドっ、怖っ、怖い！」

「すぐ慣れる」

思えばノアがこんなに慌てるなんて、出会ってから初めてのことではないだろうか。すっかり泡を食っている様子の彼に、ようやく気持ちに余裕ができて、エルドラドはくっくっと喉奥で低く笑った。

気づいたノアが、膨れた声で文句を言う。

「い……、意地悪するなよ、エルド！　飛ぶなら飛ぶって言ってくれれば、オレだって……！」

「掴まっていろと言っただろう。それに、これは別に意地悪でもなんでもないぞ」

「え……」

「ああ、あれだな。そら、着いたぞ」

すぐに見えてきた黄色に、翼を広げて高度を下げる。落ちるうう、と聞こえてきた悲鳴にまた笑ってしまいながら、エルドラドはできる限りそっと地面に降り立った。

背にしがみついたままのノアが、目の前の光景に驚いたような声を上げる。

「あ……」

「ここで合っているか？」

「う……、うん」

二人の眼前には、一面の花畑が広がっていた。ふ

よふよと揺れる鮮やかな黄色の花に、エルドラドは
ふんと鼻を鳴らす。

「まあ、これだけの花畑なら、確かにそれなりに見応えがあるな」

「…………」

「……おい、ノア？　これが見たかったんだろう？」

いまいち反応が薄いノアを振り返る。するとノアは肝心の花畑ではなく、エルドラドの方を目を丸くしてじっと見つめていた。

一体どうしたのかと、エルドラドは怪訝《けげん》に思って声をかける。

「ノア？」

「え……、あ、う、うん。……連れてきてくれてありがとう、エルドラド」

ハッとしたように我に返ったノアは、そう言って照れくさそうに笑った。

「初めてだな、エルドラドがオレのこと名前で呼んでくれたの」

「……っ」

「へへ、嬉しい」

ちょっとうっかりしただけだとか、口が滑ったんだとか、そんな言い訳をするより早く、言葉以上に喜んでいると分かる笑顔を向けられてしまう。

反論する機会を失ったエルドラドは、ぷいと顔を背けて極力素っ気なく言った。

「……折角連れてきてやったんだから、降りていくらでも摘めばいい」

「うーん、でもまた散っちゃったら悲しいから、それはいいや」

のんびり言ったノアが、エルドラドの背の上で腹這いになって、ぎゅっと首にしがみついてくる。まるで抱擁するようなその思わぬ行動に、エルドラドはうろたえてしまった。

「お、おい……」

笑み合うようにふよふよと揺れていた。

「オレはエルドとこうして一緒に見たかっただけだから。これだけで満足」

嬉しげに声を弾ませたノアが、ぐりぐりとエルドラドの鱗に額を擦《こす》りつけてくる。

「お願い聞いてくれてありがと、エルド」

「……いや」

なんと答えたらいいか分からず、エルドラドは逡《しゅん》巡《じゅん》の末、先ほど言えなかった言葉を、今度は本心から呟いた。

「……綺麗だな」

「うん！」

大きく頷いたノアが、一層強く首にしがみついてくる。ぷらぷらと楽しそうに足を遊ばせながら、聞いているこちらがくすぐったくなるような笑みを零《こぼ》す彼に、エルドラドは落ちるなよ、と素っ気なく忠告した。

一面に咲いた鮮やかな黄色の花たちが、まるで微やわらかな風に、真っ赤に熟れた果実が揺れる。眩しいほどの陽光を受け、艶々《つやつや》と光るそのトゥッファーハという果実に、ノアはぐっと思い切り手を伸ばした。

「……っ、あと、ちょっと……っ」

崖から身を乗り出しているノアの真横は大きな滝で、眼下には勢いよく水飛沫《みずしぶき》を上げる滝壺《たきつぼ》がある。落ちないように片手で別の枝を摑んだまま腕を伸ばしていたノアだったが、目当てのトゥッファーハに指先が触れたその瞬間、不意に摑んでいた枝がボキッと、——折れた。

「えっ、嘘っ」

サッと青くなり、咄嗟《とっさ》に踏ん張ろうとした途端、水飛沫で濡《ぬ》れた足元がつるりと滑ってしまう。

「……っ！」

最悪の事態を覚悟してぎゅっと目を瞑《つぶ》ったノアだったが、空中に放り出された次の瞬間、ガクンという衝撃と共に体が宙づりになる。おそるおそる背後を振り返ったノアは、ちらっと見えた不機嫌そうな黄金の瞳に歓声を上げた。

「エルド！」

「まったく……。なにをやっているんだ、お前は」

ノアの襟首を咥えたまま唸ったエルドラドが、ぶらんと宙づりのノアを地面に戻す。崖からだいぶ離れたところまで戻されたノアは、ため息をつくエルドラドを見上げて笑った。

「ありがとう、エルド。はあ、危なかったー」

「危なかったー、じゃない。これで何度目だと思っている。お前は抜けているところがあるから気をつけろと、もう何度も……」

「まあまあ。実際落ちたことないし」

「いつも俺が寸前で助けているからな‼」

「うん、いつもありがとう、エルド」

叫ぶ赤竜にアハハと笑って、ノアはちゃっかり握りしめていた枝を見やった。落ちかけた時に折れたその枝には、熟れたトゥッファーハが鈴生《すずな》りになっている。

「これこれ。トゥッファーハって言うんだけど、焼くとすごく美味しいんだ。エルドは食べたことある？」

「……ない」

「じゃあ、今日のおやつはこれにしよ！」

結局いっぱい採れてよかったと笑うノアに、エルドラドがいかにも興味がなさそうに、ふんと鼻を鳴らす。

「……勝手にしろ」

言葉の割に、そわそわと嬉しそうに揺れている尾に、ノアはこっそり笑みを零した。

――ノアが赤竜エルドラドと共に暮らし始めて、もうすぐ三ヶ月が経つ。

最初こそ邪魔だ出ていけと辛辣《しんらつ》だったエルドラドだが、なにを言われても動じず、勝手に居座り続けるノアに、諦める他ないと悟ったらしい。まだいるのか、物好きだなと毎日呆《あき》れながらも、次第にノアを追い出そうとはしなくなっていた。

それどころか、毎回面倒くさいとか必要ないとか文句たらたらながらも、こうしてノアの外出に付き合ってくれている。

（結局いい奴なんだよなあ、エルド。ちょっと強引だったかもしれないけれど、ちゃんと名前も教えてくれたし）

本人が聞けば、あれがちょっとかと目を剝いて抗議しそうなことを思いながら、ノアは隣を歩くエルドラドを見上げた。

木々の間から飛んできた二羽の小鳥が、まるで止まり木代わりにするように、エルドラドのごつごつとした頭に舞い降りる。ピチュピチュとさえずる小鳥たちを驚かせないよう、ゆっくりとした足取りになったエルドラドに、ノアは頬をゆるませずにはいられなかった。

(……優しいなあ、やっぱり)

巨大な赤いこの竜は特に小さいものに優しいようで、初めて一緒に花畑に行った時も花を踏み潰してしまわないよう、遠くからそっと眺めるだけだった。同居の蝙蝠たちにもいつも、寄るな触るなうるさいぞと文句を言っているが、巣から落ちたヒナを咥えて戻してやる時など、こちらがくすぐったくなるくらい優しい目をしているのを知っている。

(エルドのこと知らなかったとはいえ、最初は冷酷で獰猛な竜じゃないかって思ってたとか、ほんとおかしいよなあ)

ピチュピチュと小鳥たちに頭を突っつかれ、うんざりしたような表情を浮かべつつも、決して追い払おうとはしない赤竜を内心微笑ましく思いつつ、ノアは提案した。

「そうだ、エルド。せっかくいい天気だし、小川に寄って行こうよ。体洗ってあげるから」

先ほどの滝の下流は穏やかな小川になっていて、もう幾度もエルドラドの体を洗ってあげている。しかしエルドラドはいつものようにむうっと顔をしかめて言った。

「必要ない……、おい、押すな」

「まあまあ、そう言わずに」

彼が断るのは分かっていたので、ノアは先回りしてエルドラドのお尻をぐいぐい押して、小川の方向へ誘導する。ノアの力程度で動かせるはずはないが、こうすればエルドラドは渋々ながらも言うことを聞いてくれるのだ。

「分かった。分かったから押すな。まったく、強引な奴め……」

案の定、唸りつつも小川へと歩き出した赤い竜に、ノアはこっそり笑みを零した。

（……やっぱり、いい奴）

少し気難しいところもあるけれど、エルドラドは本当に優しい。

こんなに優しいからこそ、彼は大切な母を亡くして苦しんでいたのだろう――。

「っと、はい、到着。川に入って、エルド」

「冷たい……」

「今日はあったかいから、冷たくて気持ちいいね」

文句を言うエルドラドを適当にあしらって、ノアは近くの木の洞に入れてあった長い柄のついたブラシを取り出した。洞窟の掃除にと村から持ってきたものだが、今はもっぱらエルドラドを洗うのに使っているため、ここに置いてあるのだ。

靴を脱ぎ、裸足《はだし》になって裾《すそ》を捲《まく》り上げ、小川に入る。脛《すね》ほどの深さしかない澄んだ清流は、川底まではっきり見えるほど透明で、サラサラという音がなければ川があると気づかないくらいだ。

小さな魚が慌てて逃げていくのを後目《しりめ》に、ノアはブラシを小川につけ、エルドラドの体をゴシゴシと洗っていった。

「ふふ、エルドの鱗、ほんと綺麗」

定期的にノアが洗うようになったエルドラドの鱗は、出会った時のくすんだ色が嘘のように、すっかり本来の輝きを取り戻している。清らかな水に濡れ、キラキラと陽光に煌《きら》めく深紅の鱗は、一つ一つがまるで宝石のようだ。

磨けば磨くほど艶を増し、美しくなる鱗にノアがご満悦でブラシを動かしていると、エルドラドがハアとため息をついた。

「物好きな奴だな。俺なんかを洗って、なにが楽しいんだか」

「えー、楽しいよ。オレ、村にいた時からでっかい犬とか洗うの好きだったんだよね」

「……俺は犬じゃない」

拗《す》ねたようにバシャンと尾で水面を叩くエルドラドをまあまあとなだめながら、次はと反対側に回り込もうとする。と、そこで川岸の茂みがガサガサと動いた。

「ノア、こっちか？」

「あっ、兄さん！」

現れたのは、ラジャだった。ノアがここで暮らすようになってから、定期的に様子を見に来てくれているのだ。

「ちょうどよかった。さっきトゥッファーハをいっぱい採って……」

「ノア！」

トゥファーハをお裾分けしようと兄に駆け寄りかけたノアだったが、その時、つるっと足が川底の石で滑ってしまう。尻餅をつきかけたノアの襟首を、エルドラドが再度ぐいっと咥えて唸った。

「お前はまた……！」

「えへへ、ごめん、エルド」

エルドラドに助けてもらい、ぶらんと宙づりにされたままのほほんと謝ったノアを見上げて、ラジャが苦笑する。

「なんだかいろんな意味でハラハラする光景だけど……、とりあえず元気そうでよかったよ、ノア」

「うん、兄さんも」

地上に降ろしてもらったノアがブラシを手にしているのを見て、ラジャが顔をしかめる。

「またエルドラドを洗っていたのか？　犬じゃないんだから……」

「もっと言ってやれ、ラジャ」

そうだろうそうだろうと頷くエルドラドだが、続くラジャの言葉を聞いた途端、渋い顔つきになる。

「そんなにしょっちゅう洗わなくても、苔《こけ》が生えてからくらいでいいんじゃないか？」

「…………」

「彼は何年もあの洞窟にいたんだから、もうほとんど岩みたいなもんだろう」

「俺は岩でもない……」

兄弟揃ってどういうつもりだと呻いたエルドラドに笑ってしまいながら、ノアは兄にいくつかもいだトゥッファーハを渡した。

三ヶ月前、ノアが洞窟で竜と共に暮らすと告げた時には、なにを言い出すんだと真っ青な顔をしていたラジャだが、追いかけてきた際、エルドラドに寄りかかって熟睡しているノアを見て、あ、これは大丈夫だなと確信したらしい。

『ノアの肝の太さには昔から驚かされてきたが、さすがに竜と暮らすなんて無茶だから、どうあっても連れて帰ろうと思っていたんだけどね。お前に寄りかかられて狼狽《ろうばい》しているエルドラドは、どう見ても悪い竜には思えなかったし。それにお前はのんびりしてるくせに変なところで頑固だから、これは連れ帰るのは無理だなって』

念のため少し離れたところで休み、翌日ノアと共に村に戻ったラジャは、生活物資を運ぶのを手伝ってくれた後、ノアを残して帰っていった。以来、数日おきに差し入れを持って、ノアの元に通ってきてくれている。

今では村人たちも、おっかなびっくりながらもこの森に以前と同じように狩りに来るようになっており、ノアはその度にエルドラドと一緒にいるところを見せて、皆を安心させようと努めていた。

「やあ、エルドラド。弟が世話になっているね」

すっかりエルドラドの巨体にも慣れ、軽口も叩くようになったラジャをじろりと見下ろして、エルドラドが唸る。

「本当に、お前の弟の世話の焼けることといったらないぞ、ラジャ。ついさっきだって、そのトゥッファーハを採る時に滝に落ちかけたんだからな」

「あはは、それは大変だ」

「笑い事じゃないだろう……」

お前たち兄弟はまったく、とエルドラドがため息をつく。にこにことノアそっくりの笑みを浮かべたラジャが、差し入れのパンだよ、とノアに包みを渡しながら言った。

「ノアは昔から運動神経がいい割にそそっかしくてね。俺も何度ひやひやさせられたことか。まあでも、今はエルドラドが気をつけてくれているから、心配ないかな」

「……俺はただ、目の前で死なれても気分が悪いから、仕方なく助けてやっているだけだ」

仏頂面でぷいとよそを向くエルドラドの下で、ノアはラジャとこっそり視線をかわして微笑み合った。口ではなんだかんだと言うこの竜が本当は優しいことを、兄ももう知っている。

「さて、俺はもう行くよ。向こうで村の皆が狩りをしてるから、なにか獲物が穫れたらまたお裾分けに来るよ」

「うん、分かった。期待してるね、兄さん」

頑張って、と言うノアの頭をくしゃくしゃと撫《な》でて、ラジャが去っていく。ノアはその背を見送ると、ラジャからもらったパンの包みを近くの木の枝にくくりつけ、よし、と気合いを入れた。

「反対側もちゃちゃっと洗っちゃおう！　苔が生える前に！」

「もう好きにしろ……」

諦めきった声で呻いたエルドラドが、小川におなかをつけて座り込む。ノアは向こう側に回り込むと、再びブラシでエルドラドの鱗を丁寧に洗っていった。

川にせり出した枝葉で木陰になっているそちら側は、空気がよりひんやりとしていて気持ちがいい。揺れる木漏れ日によって照らされる場所が変わる度にキラキラと輝く紅蓮《ぐれん》の鱗は、まるで赤い満月の夜に雲間から零れる月光のようだ。

美しい鱗に覆われた巨軀が呼吸の度にわずかに上下する様は、いくら見ていても見飽きない。こんなに大きな生き物がすぐ近くにいて、しかも自分に身を任せているなんて、なんだか夢の中の出来事みたいで——……。

「……竜って不思議な生き物だよね。他の動物と違って喋《しゃべ》れるし」

人語を理解する動物なんて、これまで他に出会ったことはない。尻尾の先まで丁寧に水をかけつつ、滑《すべ》らかな鱗の感触を堪能していたノアがそう呟くと、エルドラドはフンと鼻を鳴らして言った。

「俺たちは元々、竜人だからな」

「竜人？」

聞き慣れない単語に首を傾げると、エルドラドが河原へと移動しながら言う。

「来い。乾かしがてら話してやる」

変温動物であるエルドラドは、いつも体を洗った後に河原に寝そべって日光浴をする。

前回使ったたき火の残りの燃えさしに炎を吐きかけたエルドラドを見て、ノアは手近な枝を川で綺麗に洗い、それにトゥッファーハを刺した。たき火の周りにいくつか並べてから近くの岩に座ろうとすると、エルドラドが不満そうに唸る。

「……こっちに来い」

「え……、あ、うわ」

太い尾で抱き寄せるようにして抱え込まれ、彼の前足に腰掛けさせられる。エルドラドはくるりとノアの腹に尾を巻きつけると、その黄金の瞳をじろりと向けて言った。

「お前のせいで体が冷えたんだから、責任を取ってきちんと温めろ。しっかりたき火にあたって、体温を俺に寄越せ」

「ふふ、はいはい」

暖をとるならエルドラドが直接たき火にあたった方がいいだろうとか、もっと大きなたき火にした方がいいんじゃないかとか、前足に乗せていてはたいして体温は移らないのにとか。いろいろ思うところはあるけれど、大きな竜がノアの体が冷えていることを心配して、わざとそんなことを言っているのはもう分かっている。

自分から望んだわけではないのに、自分を洗ったためにノアが寒い思いをするのではと気にするのだから、本当に律儀で優しい竜だ。

（でもそれを素直には絶対に言わないんだよなあ、エルドラド）

ひねくれ者の彼にくすくす笑みを零していると、エルドラドがむっとしたように言う。

「……はいは一回でいい」

「はーい」

伸ばすな、と母親のような小言を言いながらも、エルドラドはしっかりとノアの腰に尾を巻き付けて話し始めた。

「竜人というのは、竜と人が入り交じった姿をしている種族のことだ。首から下はほぼ人間と同じ体つきだが、全身が鱗で覆われていて、尾もある。頭は竜を小さくしたような見た目だ」

「へー……。そういえば、獣人っていう種族がいるっていうのは聞いたことがある」

実際に会ったことはないが、獣と人間が混じった姿をしている種族がいるという話は聞いたことがある。確かその獣人も、頭は獣そのもので、首から下は人間と同じ体つきだが、全身が被毛に覆われているという話だった。

「それの竜版ってこと？」

首を傾げたノアに、エルドラドが頷く。

「まあ、そんなものだな。俺も本来の姿はその竜人だ。……ノア、お前はオラーン・サランを知っているか？」

「赤い満月の夜のこと？」

　白い月が姿を消し、赤い月が満ちる夜を、この世界ではオラーン・サランと呼んでいる。聞き返したノアにそうだと頷いて、エルドラドが告げる。

「俺たち竜人は深く愛する相手のことを、運命《さだめ》の対《つい》と呼んでいる。オラーン・サランの夜、赤き月の縁《えにし》で結ばれた、特別な相手のことだ。だが、誰しもが見つけられるわけではない。自分の魂の半分とまで思うほど深く、深く愛する相手と巡り会えるのは、ほんの一握りの者だけだ」

「運命の対……。なんか、ロマンチックだね」

　人間に近い姿形をしているという竜人たちの運命的な恋だなんて、なんだかドキドキする。微笑んだノアに、しかしエルドラドは苦笑を零した。

「ロマンチックか……。……まあ、そうかもしれないな」

「……エルド？」

　なにか変なことを言っただろうか。戸惑ったノアだったが、エルドラドはなんでもないと首を振って続ける。

「……運命の対と巡り会うことは、確かに竜人にとって無上の喜びだ。だが、諸刃《もろは》の剣《つるぎ》でもある。竜人は運命の対である相手を失うと、苦しみのあまり命を落とすことがあるんだ」

「っ、命を⁉」

　穏やかでない話に、ノアは驚いてしまう。

　黄金の瞳をゆっくりと一度瞬かせて、エルドラドは頷いた。

「ああ。魂の番《つがい》を失うことは、生きながらにして己の半身をもがれるようなものだからな。だが、運命の対を失った竜人が必ずしも命を落とすわけじゃない。悲しみを乗り越える者もいる。……竜に姿を変えてしまう者もいるがな」

「あ……」

　その一言に、ノアはエルドラドが竜の姿をしている理由に思い当たってしまう。

「もしかして、エルドも……」

　運命の対だった相手を亡くして、竜に姿が変わってしまったのか。

　そろりと問いかけたノアに、しかしエルドラドは首を横に振った。

「いや、俺に運命の対はいなかった。俺が失ったのは、母だ。俺は唯一の家族だった母を亡くして、この姿になった……」

　呟くエルドラドの大きな瞳に、パチパチと弾ける小さなたき火が映り込む。宙に踊る炎を見つめるその瞳はとても静かで、そして悲しげだった。

「……俺は母を尊敬していた。俺の両親は運命の対同士だったが、幼い頃に父が亡くなってしまってな。だが母はその悲しみを乗り越え、俺を育ててくれた。誇り高い武人だった母に、何度稽古をつけてもらったことか……」

「……優しいお母さんだったんだね」

「稽古中は鬼のように厳しかったがな」

　懐かしむように、エルドラドが少し目を細める。

「あの人は俺にとって母であり、師であり、目標だった。俺はずっと強く優しい母を尊敬し、誇りに思っていた。……母のような武人になりたいと、ずっと憧れていた」

「……そっか」

　きっとエルドラドは、心から母親のことを敬愛していたのだろう。それ故《ゆえ》に、運命の対ではなくとも、竜に姿が変わってしまったのだ。

（……多分エルドは、竜人の中でも特に情の深い、優しい性格なんだろうな）

　そんな彼が運命の対と巡り会い、そしてその相手を万が一失うことがあったら、どうなってしまうのか。

（もしかしたらエルドが同族から離れて孤独に生きていたのは、それを恐れていたのかもしれない。もし今度大事な人を失ったら、きっと自分は生きていけないだろうから……）

エルドラドと毎日過ごしてきて、彼の不器用な優しさを知った今なら分かる。

彼はきっと運命の対となる相手を、命がけで愛するだろう――。

「……オレも会ってみたいな、竜人族」

エルドラドの仲間とは、一体どんな人たちなのだろう。竜人族の姿を想像しながらそう呟いたノアだったが、エルドラドは苦い顔で言う。

「それは難しいだろうな。竜人族の者は軒並み人間嫌いで、人間が滅多に足を踏み入れないような奥地に部族ごとに分かれて住んでいるんだ。……昔は一族皆で暮らしていたが、争いがあってな」

どうやら竜人族は、血の気の多い種族らしい。そうなんだ、と相づちを打ったノアに頷いて、エルドラドは懐かしげに呟いた。

「異邦の者より生まれし黄金の星持つ竜が、新たな暁《あかつき》をもたらす……」

「……なにそれ？」

詠《うた》うような響きに首を傾げると、エルドラドが少し目を細めて言う。

「竜人族に伝わる、古い言い伝えだ。同族以外から生まれた竜人が一族の王となり、新たな歴史を作るという伝承だが……、まあ、一族以外から竜人が生まれること自体、まず考えられないことだな」

苦笑したエルドラドが、顎を上げてノアに喉元を示す。

「ノア、俺の喉元に、一枚だけ少し色が濃い鱗があるだろう？」

言われてよく見れば、確かにエルドラドの長い首の根元辺りに、周囲よりも色の鮮やかな鱗が一枚ある。形も、他の鱗とは異なっているようだった。

「……これは?」

「竜人だけにある、逆鱗《げきりん》というものだ。竜人の力の源で、これがあることで俺たち竜人は強い方術を扱える。伝承では、暁をもたらす王の逆鱗には、黄金の星屑《ほしくず》が秘められていると伝わっている」

「方術って……、確か、なんか不思議な力で物を動かしたり、火を熾《おこ》したり、風を操ったりするとかいうあれ?」

人間にも方術使いの一族がいるということは、広く知られている。その方術だろうかと聞いたノアに、エルドラドは頷いた。

「ああ。ただし、人間の扱う術よりもずっと強力なものだ。方術は術者の生命力を元に行うが、竜人は人間よりもずっと生命力が強いからな。俺たちは大体千年近く生きるんだ」

「千年⁉ エルドラド、そんなおじいちゃんだったの⁉」

人間より長生きなんだろうとは思っていたけれど、まさかそんなに年を取っているとは思わなかった。

驚くノアに、エルドラドが仏頂面になる。

「誰がジジイだ。俺はまだ二百四十八歳だ」

「……十分おじいちゃんだと思うけど」

「一族の中じゃ若い方だ！」

憤慨するエルドラドにごめんごめんと笑いながら、ノアはひょいっとその前足から飛び降りた。パチパチと燃えるたき火に近寄り、甘い匂いを漂わせるトゥッファーハの焼き加減を見る。

ちょっと焦げ目のついたトゥッファーハは、艶々の皮が破れる寸前だった。

「うん、いい感じ！ ちょっと待ってね、エルド。今冷ますから」

「必要ない。俺は火を吐く竜だぞ」

「えー、そう言って、この間も熱々のスープ飲んで舌火傷《やけど》したじゃん」

　どういう構造なの、と笑いつつ、ふーふー息を吹きかけてトゥッファーハを冷ます。ほどよい熱さになったところで、ノアは刺していた枝を引き抜き、エルドラドの口に焼きトゥッファーハをぽいと投げ入れた。

「……ん。ああ、美味《うま》いな、これは」

「でしょ？　いっぱい採れたから、明日はこれにシナモンバター詰めて焼くね。もっと美味しいから、期待してて」

「俺の分は五個くらい焼いてくれ」

　一個じゃ足りないと、ちょっと不満そうな顔をするエルドラドにはいはいと笑って、ノアは彼の前足に座り直すと、自分の分のトゥッファーハに齧《かじ》りついた。

　さらさらと流れる川面を眺めながら、甘酸っぱい果実をゆっくり味わう。


（……いつか心の傷が癒えた時、エルドが仲間のところに戻れたらいいな）

　きっとその時が来たら、自分はとても寂しく思うのだろう。

　けれど、エルドラドのためにも、その時が来てほしいと思う。

　早く彼の心の傷が癒えて、大切な人を作れるようになったらいい。この優しい竜に、幸せになってほしい――。

　遠くから、ラジャと村人たちが大収穫を告げる声が聞こえてくる。

　弾んだ声の彼らを出迎えるべく、ノアはぴょんと、エルドラドの前足から飛び降りたのだった。

んん、と寝返りを打ったノアの肩から、毛布がずり落ちる。はあ、と小さくため息をつきながら、エルドラドはその長い首を伸ばして毛布を口で咥え、ノアの肩にかけ直してやった。

（起きていてもそうだが、寝ていても世話が焼ける奴だな……）

　横になったエルドラドの腹にもたれるようにして眠りについているノアは、こちらの気などお構いなしに熟睡している。ほわほわと温かい、小さなその体から毛布がずれないよう、尾の先で毛布ごと包んでやって、エルドラドはパチパチと燃えるたき火を見つめた。

　洞窟の出入り口から差し込む月光は、日に日に赤みを増していっている。ノアがここで暮らすようになって、もうすぐ三ヶ月が経とうとしていた。

（……それにしても、昼間は肝が冷えた）

　洞窟の隅には昼間ノアが採ってきたトゥッファーハと、ラジャの差し入れのパンが置かれている。滝に落ちかけたというのに、けろりと笑っていた二人を思い出して、エルドラドは内心唸ってしまった。

（普通の人間は、あんなことがあったらもっと恐怖に震えるものじゃないのか……？）

　エルドラドの認識はおそらく間違っておらず、ノアたち兄弟が人としてちょっとどうかしているのだろう。血の繋がっていない彼らだがその性格はかなり似通っており、なんというか並の人間よりも随分、図太い。

（いや、ラジャの方がまだ常識的な感覚を持ち合わせているな。ノアときたら帰れと言っても帰らないし、こちらが嫌だと言っても強引に外に連れ出すし、洗うし、人間にしては身軽なくせにそそっかしくてしょっちゅう死にかけるし、その割になにが起きてものほほんとしているし……）

見ているこちらの方がハラハラさせられてばかりで、危なっかしくて目が離せない。本当に厄介な奴だとため息をつきつつも、エルドラドには自分がその言葉ほど剣呑《けんのん》な表情をしていない自覚があった。

認めるのは少なからずしゃくだが、図太くて危なっかしい、この小さなニンゲンを、自分は存外気に入ってしまっている。最初はちょこまかとうるさく、目障《めざわ》りなだけだったはずなのに、いつの間にか彼がそばにいる日常を楽しく感じていることは否めなかった。

（……ノアは、まるで小さな太陽みたいだからな）

無防備な顔で眠るノアからは、ふわふわほわほわした匂いが漂ってきている。初日にも感じたどこか懐かしいその匂いは、日を増すごとに一層優しく、やわらかく、甘くなっていて、大きな大きなエルドラドをまるごと包み込むような錯覚すら覚えるほどだった。

自分がそう感じるのは、なにもノアが自分に懐いているせいだけではない。匂いというのは主観的なもので、相手のことを好ましく思えば思うほど、その匂いも一層好ましく思うものだ。ましてや匂いが甘いと感じる理由なんて、一つしかない。

（ノアの匂いがこんなにも心地いいのは、……甘いのは、俺がノアに惹《ひ》かれているからだ。俺はノアのことを、単なる友以上に想い始めている……）

認めざるをえないその感情に向き合って、エルドラドは先ほどとは色の違うため息を漏らした。

ノアを起こさないよう、そっと首を巡らせ、洞窟の出入り口から差し込む赤い光を睨む。

ノアと出会ったあの日、自分はオラーン・サランの月光を疎ましく感じていた。だが今は、あの時以上に赤い月が疎ましく、そして恐ろしい――……。

(万が一、……万が一オラーン・サランの夜に狂ったら、俺はどうしたらいい……)

万が一と言いつつも、身の内でなにかが疼《うず》くような感覚が日に日に強くなっていることは感じ取っている。気のせいだ、そんなわけはないと必死に否定すればするほど、その違和感は強く、大きく膨れ上がっていっていた。

――エルドラドがオラーン・サランを恐れるのには、理由がある。そしてその理由を、エルドラドはノアに告げていなかった。

(……ロマンチック、か。運命の対はそんな、綺麗なだけのものではない。確かに無上の喜びではあるが……、呪いのような側面もある)

昼間、運命の対について話した時のことを思い返し、エルドラドはその瞳に自嘲の色を浮かべた。

ノアには告げなかった、呪い。それは、唯一無二の番である運命の対を得た竜人は、オラーン・サランの夜に狂おしいほど発情するというものだ。

その発情は到底理性で抑えつけられるような代物ではなく、相手と身も心も結ばれなければ満たされることは決してない。故に、運命の対を失った竜人は繰り返し訪れる発情に苦しみ抜き、死に至るか竜に姿を変えてしまうことが多いのだ。

(運命の対など、そうそう巡り会えるものではない。第一、想いが通じ合っているのならともかく一方通行、しかも種族が違う相手にオラーン・サランの発情が起きるなど、聞いたことがない)

だが、前例などなくとも、実際に自分の中でなにかが渦巻いているのは確かだ。そもそも母の死で竜に姿を変えるほど傷つき、孤独と静寂を求めて他者を拒絶していたはずの自分がこうまで絆《ほだ》されている時点で、自分の中でノアが特別な存在だということは疑いない。

自分はこの小さなノアのことを、魂の番と感じるほどに愛してしまっている——。

「…………」

洞窟の入り口をキラキラと照らす赤い月光に、エルドラドはきつく目を眇めた。

(竜へと姿を変貌させた竜人は、オラーン・サランの発情はなくなる……。だがそれは、運命の対を失った悲しみと苦しみを幾度も繰り返した末のことだ)

果たしてすでに竜の姿になってしまっている自分がオラーン・サランの発情を迎えたら、一体なにが起こるのか。もしもこの姿のまま、ノアに発情してしまったら——。

「……っ」

恐ろしい想像に、エルドラドは瞳を眇めてぶるりと首を振った。

(……そんなことになったら、取り返しがつかない。俺は明日にでも、ノアから離れなければ)

遠く遠く、少しでも遠く彼から離れておかなければ、理性を失った途端、彼の元に舞い戻ってきてしまうかもしれない。

この小さな温もりを、壊してしまうわけにはいかない——……。

と、そこでエルドラドはふと、違和感を覚えた。

自分の腹にもたれかかっているノアの体が、妙に熱い。

(なんだ？　……発熱している？)

くんくんと、鼻先を近づけてノアの匂いを確かめて、エルドラドは顔をしかめた。見ればノアの顔は先ほどとは打って変わって真っ赤で、額には汗が浮いている。呼吸も少し苦しそうだ。

(昼間に冷えたせいか？　……くそっ)

自分を洗う彼があまりにも楽しそうだったとはいえ、やめさせるべきだった。すぐにたき火にあたらせたけれど、あれが原因で風邪《かぜ》をひいてしまったのだとしたら、悔やんでも悔やみきれない。

（どうしたらいい……、起こした方がいいのか？）

ニンゲンの体調不良の時の対処の仕方など、エルドラドが知る由《よし》もない。とりあえず熱そうだし、体を冷やすべきかと毛布を咥えて取ろうとしたところで、ノアがふっと目を開けた。

「あ……、エル、ド……？」

「……大丈夫か、ノア。熱があるようだ」

事実をそのまま告げるしかない自分に、なんて愚鈍なんだろうと内心舌打ちしたエルドラドだったが、ノアはかすれた声を発する。

「ねつ……？　うーん、確かにちょっと熱い、かな……？」

「ちょっとどころじゃないだろう。……こういう時、ニンゲンはどうしているのだ。俺はどうすればいい」

村まで連れていった方がいいのではないか、それともラジャを呼んでくるか、と対処法を色々考えつつ聞いたエルドラドだったが、当のノアはふにゃふにゃと笑みを浮かべてみせる。

「大丈夫だよ、これくらい。なんともないって」

「しかし……」

「オレ、ちょっと水飲んでくるね」

喉渇いちゃった、とへにゃりと笑い、よいしょと立ち上がろうとしたノアだったが――、次の瞬間、その体がぐらりと傾いだ。

「あ……」

「ノア！」

エルドラドの叫びが洞窟にこだまする。

ゆっくりと倒れ込むノアへと伸ばした竜の前足から、紅蓮の花びらが舞い散って――。

――トン、と小さなその背を受けとめたのは、深紅の鱗に覆われた、逞《たくま》しい男の腕だった――……。

青い、青い海が目の前に広がっている。

ザザー……、と打ち寄せては引いていく白い波を見つめるノアには、これが何度も見たことのある、いつもの夢だということが分かっていた。

何故なら自分は、海など見たことがないから。

（……毎回思うけど、なんでオレ、行ったこともない海の夢ばっかり見るんだろう）

しゃがみ込んで砂を手に取り、サラサラと下に落とす。小さな砂山はすぐに波にさらわれ、跡形もなく消え去った。

指先に残る、細かな砂粒の感触。ぬるい海水が引いていく度、砂と共に持っていかれそうになる足。強い日差しは肌を火照《ほて》らせ、高い空を飛び回る海鳥の声が聞こえてくる。風に乗って届く潮の香りと、何度も繰り返される波の音――。

夢の中特有の、薄い膜を通したようにぼんやりした感覚ではあるものの、自分の五感は確かに海を感じている。

砂漠に囲まれた村で暮らす自分が、何故海を知っているのか。何故、行ったこともない海の夢を見るのか。

（引き取られる前に行ったことがあったとか？　でも、元の村も森に囲まれてて、海からは遠かったはずなんだけどなあ）

不思議に思いながらも、ノアはいつもこの海の夢を楽しんでいた。自分の知らない風景を見られるなんてなかなかないことだと思うし、それにどうしてか、この夢を見ている時はとても優しい気持ちになるのだ。

遠い、遠い昔、大切な誰かと一緒に、この海を見たような気がする――……。

（……お父さんとお母さん、なのかな）

いつかその答えが分かる時が来るのだろうかと思いつつ、ノアが砂を払って立ち上がった、――その時だった。

「ん……？」

額に、ひんやりとしたなにかが乗せられる感触がする。

夢の中の感覚とは違う、明確な冷たさ。しっとりと吸いつくような心地いいその感触に、一気に感覚が現実に引き戻されて、ノアはうっすらと目を開けた。

——額から、冷たさが遠ざかる。と同時に目の前に、赤い鱗に覆われた大きな手が現れた。

ほのかな灯りに照らされたその深紅の輝きに、ノアは咄嗟に思い浮かんだ名前を呟く。

「エルド……？」

声に出してから、ノアは違和感に気づく。

今目の前にある手は、大きくて鱗こそあるものの、人間と同じ形をしている。竜の前足とは明らかに違う——。

（……でも、それならこれは誰の……）

寝起きのせいなのか、なんだか体が熱くてうまく考えがまとまらない。ぼんやりとしながらも、でもこの綺麗な鱗は確かに自分のよく知る竜と同じ色なのにとそう思ったところで、聞き慣れた、しかしやはり違和感の残る声が聞こえてきた。

「……気がついたか」

「……？」

すっと手が引っ込み、声の主がノアの顔を覗き込んでくる。その顔を見上げて、ノアは驚きのあまり一気に覚醒した。

「え……っ」

——自分を覗き込んでいたのは、見たことのない、けれどどこか見覚えのある生き物の顔だった。

人間とはまるで違う、恐竜のような骨格。ごつごつと突起の生えたその顔は、美しい深紅の鱗に覆われている。

突き出した鼻と、大きな口。そこから覗く、真っ白な牙。

黄金の瞳に浮かぶ瞳孔は、まるでナイフでスッと切れ目を入れたように真っ黒で細い。

太い首は長いが、首から下は筋骨隆々とした男の体で、衣服も人間と同じものだ。しかし、服から覗く肌は顔と同じ赤い鱗に覆われている。

それは、まるで竜と人間が混じり合ったような、不思議な姿をした生き物で――……。

「……エル、ド？」

もしかして、と思い当たって問いかける。すると彼は、その黄金の瞳を細めて頷いた。

「ああ、俺だ。……気分はどうだ？」

どうやら自分はベッドに寝かされていたらしい。よく見知った内装に、そこが村で暮らしていた自分の部屋だと気づいて、ノアは当惑した。

「な……、なんでここに……？　それにエルド、竜じゃ……」

森の洞窟にいたはずなのに、何故村に戻っているのか。何故エルドラドの姿が変わっているのか。

「エルド、竜人に……？」

竜人の姿に戻れるようになったのか。身を起こして聞こうとしたノアだったが、途端にくらりと目眩がして呻いてしまう。そういえば先ほどから頭がズキズキと痛いし、喉もガラガラだ。

ゴホゴホと咳《せ》き込んだノアの背を、エルドが屈《かが》み込んでそっと撫でさすりながら言う。

「無理をするな。お前は洞窟で倒れたんだ。それでここに連れてきた。……もう半日も寝ていた」

ということは、今は翌日の昼くらいだろうか。確かに、窓から差し込む日差しは随分と明るい。

水は飲めるかと聞かれて頷くと、エルドラドが近くのテーブルにあった水差しから木製のカップに水を注いでくれる。鋭い爪の生えた大きな手で慎重に、

つまむようにしてカップを手渡すエルドラドに、ノアはちょっと笑ってしまった。

「……笑うな。まだこの姿に戻って半日だから、力加減が難しいんだ」

ムスッとした声は、竜の姿だった時のように腹の底にまで響いてくるような太さはないものの、確かに彼のものだ。低く力強いその声に、本当に彼はエルドラドなのだとほっと安堵《あんど》して、ノアは少しずつ水を飲みながら聞いた。

「それで……、エルドはどうして、竜人の姿に？」

「……さあな。俺にも理由は分からないが、お前が倒れた瞬間、気づいたらこの姿に戻っていたんだ。お前があんまりにも俺を驚かせたせいだろう」

まったくお前はとばかりにため息をついてみせるエルドラドだが、驚いた拍子に姿が戻るなんて、そんなことがあるのだろうか。彼は母を亡くした悲しみのあまり姿が変わってしまったというのに、そんな簡単なきっかけで元に戻るなんて、ちょっとおかしい。

（なんだろう……。別に嘘ついてるわけじゃなさそうだけど……、でもエルド、なにか隠してる？）

直感的にそう思って、ノアは口を開いた。

「エル……」

しかし、少し声を発しただけで咳《せき》が出て、言葉を続けられなくなる。すぐにノアからカップを取り上げたエルドラドが、ノアの背を優しく撫でてなだめてくれた。

咳がおさまったところで、背を支えて寝台に戻される。ノアの掛け布団を直したエルドラドは、ぽんぽんと大きな手でノアを寝かしつけて言った。

「もう少し寝ていろ。医者の見立てではただの風邪だそうだが、それでも意識を失うほどの熱が出るなんて、ただごとじゃない。きっと洞窟暮らしで無理をしていたせいだろう」

「そんなこと……っ」

否定しようとしたのに、また咳が出てしまう。コンコンと咳き込むノアに、エルドラドはまるで自分が風邪で苦しんでいるかのようにつらそうに目を眇めた。

「無理に喋るな。まだ顔が赤い……」

心配そうに呟いたエルドラドが、ノアの額に手を当ててくる。そのひんやりとした感触に、ノアは先ほど夢から覚める時に感じた冷たさを思い出した。

(……さっきのあれ、エルドだったんだ。すごく気持ちいい……)

さらりとした鱗に覆われたエルドラドの手は冷たくて、まるで熱を吸い取ってくれるような心地がする。大きな手にすっぽりと額を包まれると無条件に安心感が込み上げてきて、ノアはだんだん瞼が重くなってきてしまった。

うとうと……、と目を閉じてはパチパチと瞬きをし、またとろとろと目を閉じるノアに、エルドラドが低い声で言う。

「……そのまま眠れ。ここならお前も安心だろう?」

「う……、ん……、でも……」

確かに安心して眠れるけれど、まだエルドラドと話をしていたい。彼の姿が元に戻ったことや、自分が風邪をひいたのは自分自身のせいだということ、洞窟暮らしのせいでも、ましてやエルドラドのせいでもないことを話さなきゃいけない。

——そう思うのに。

「お休み、ノア。……ゆっくり眠れ」

囁《ささや》きと共に、ひんやりと心地いい冷たさが離れていってしまう。

待って、と引き留める声が声にならなくて、ノアはそのまますとんと、再び青い夢の中に落ちていったのだった。

真っ赤な夕陽が沈み、真っ赤な満月が昇ろうとしている。

この世界が最も赤く染まる時――、オラーン・サランの夕暮れ時だった。

(毎回思うけど、オラーン・サランってなんかソワソワするんだよな……)

茂みを掻き分けて歩みを進めながら、ノアは首の後ろがむず痒《がゆ》くなるような、どことなく落ち着かない気分を持て余していた。

この夜は獣たちも気が立っていることが多いため、村の者は誰も森に入らない。しかしノアは、その誰もいない森に一人で足を踏み入れていた。

何故なら――。

「っ、エルドー!」

すうっと息を吸って思い切り叫んだノアの声が、森の奥へと響き渡る。しかしその叫びに答える声はなく、驚いた小鳥たちが木立から慌てて飛び立つ羽音があちこちで聞こえてくるばかりだった。

――ノアがオラーン・サランの夜にわざわざ危険を冒して森の奥深くへと分け入っている理由、それはエルドラドを探すためだ。

三日前、高熱で倒れたノアが目覚めた時に竜人の姿を取り戻していたエルドラドだったが、あの後ノアが眠りに落ち、再び目覚めた時にはもういなくなっていた。

部屋にはラジャしかおらず、エルドはと聞いたノアに、兄は困ったような顔で旅立ったと告げたのだ。本来の姿を取り戻したから、仲間の元に戻ると言って去ったのだ、と。

(兄さんはああ言ってたけど……、でもなんか、……なんか、おかしい)

竜人の姿を取り戻した彼が仲間の元に戻ること、それ自体はおかしなことではないと思う。別れは寂しいけれど、エルドラドが仲間の元に戻れるのなら、それはいいことだ。

だが、こんなに急に旅立つ必要があるだろうか。

(オレが眠る寸前、エルドは自分のせいでオレが倒れたと思ってるみたいだった。それで責任を感じて、なにも言わずに旅立った可能性もあるけど……)

だが、あの優しい竜が高熱でうなされている自分をそのままにしてどこかへ行くなど、やはり不自然だ。花畑を踏み荒らすことも、小鳥を驚かせることすらも忌避するような彼が、三ヶ月も一緒だった自分が苦しんでいる時に旅立つなんて、どう考えてもおかしい。

それに、自分にエルドラドのことを話す時、兄がひどく言いにくそうにしていたことも気になる。最初は自分が目覚めるまでエルドラドを引き留められなかった罪悪感からかと思ったが、どうもそれも違う気がする。

というのも、ノアがいくら詳しい事情を聞こうとしても、ラジャはなにも聞いていないとしか答えなかったのだ。困りきった顔で、まるでエルドラドからそう言えと言われているかのように。

(……兄さんがなにも聞いてないわけがない)

急ぐ理由があるのなら、エルドラドは兄に告げるだろう。もしエルドラドが言わなかったとしても、兄は自分に説明するため、理由を聞くはずだ。

それでも知らないと言うからには、きっとなにか自分に言えない事情があるに違いない。おそらくラジャは、エルドラドの急な旅立ちの理由を知っているが、それを自分に教えられないのだ。だからこそ、あんな困った顔をしていたのだろう。

(まさかとは思うけど、エルドになにかあったんじゃ……)

そう思ったノアはいても立ってもいられず、熱や咳がおさまり、起き上がれるようになった今日、こっそり馬を駆ってこの森に戻ってきた。まだ体は本調子ではなかったけれど、それでもエルドラドを探さずにはいられなかったのだ。もちろん、知られればとめられることは分かっていたので、ラジャや村の皆にはなにも告げていない。

もしエルドラドの身になにかあって、旅立つということ自体が偽りなのだとしたら、この森に戻っているかもしれない。竜の時と比べるべくもないが、それでも竜人の姿だって相当目立つ。人目を避けて森に潜んでいる可能性は高い。

もちろん、すべて自分の勘違いで、本当に何事もなく仲間の元へ旅立ったということだって考えられる。でも、旅立つ前にあの洞窟に立ち寄っているかもしれない。なにかメッセージを残してくれているかもしれないし、ひょっとしたらまだ洞窟にいる可能性だってある。

もしかしたら、もう一度エルドラドに会えるかもしれない。できればこの目で彼の無事を確かめたいし、旅立つのならちゃんとお別れを言いたい。

その一心で森に駆けつけたノアだったが、あの洞窟には赤い竜人の姿はおろか、メッセージらしきものもなかった。よく彼の体を洗っていた小川にも、ノアが落ちかけた滝にも行ってみたが、なんの手がかりも摑めなかったのだ。

それでも諦められず、あまり足を踏み入れたことがない森の奥深くへと進んだノアだったが――。

「エルドー！　いないのかー!?」

いくら叫んでも答える声はなく、辺りはどんどん暗赤色に染まっていく。どこからか獣の遠吠《とおぼ》えが聞こえてきて、ノアは思わず手にしていた愛用の弓をぎゅっと握りしめた。

そこそこ腕に覚えがあるノアだが、夜の森に来るのは初めてだ。ましてや今夜は獣たちの気が立っているオラーン・サランの夜で、なにが起きるか分からない。

（やっぱり明日にすればよかったかな……。でも、ただでさえエルドがいなくなってから日が経ってるのに、これ以上時間を置きたくなかったし……）

とにかくエルドラドに会いたい一心で、確信もなく村を飛び出してきてしまったことを後悔しかけて、ノアは頭を振った。

今更そんなことを言ったって始まらない。

（……もう一度、滝に行ってみよう。高いところから呼びかけたら、もしかしたらエルドに声が届くかもしれない）

そう思ったノアは、来た道を引き返し始めた。生い茂る葉に悪戦苦闘しながら、もう一度あの滝を目指す。

自分がやっていることは、全くの無駄足かもしれない。それは重々分かっている。

それでもどうしても、彼を探さずにはいられない。離れるなら離れるで、せめて顔を見て、きちんとお別れを言いたい――。

（本当は……、本当は、離れるなんて嫌だ。竜だろうと竜人だろうと、関係ない。オレはエルドと一緒にいたい……）

険しい獣道に息を弾ませながら、ノアは込み上げてくる熱いものを必死に堪えた。

――最初は、自分と似た境遇のエルドラドを放っておけないだけだった。大切な母を亡くした彼を一人にしたくなくて、そばにいてあげたくて、ただそれだけだった。

でも、いつの間にか彼と一緒にいるのが楽しくて仕方なくなっていた。

恐ろしい見た目をしているのに優しくて、でも自分ではちっともそれを認めたがらなくて、心配性で、世話焼きで、案外照れ屋で。

呆れられたり、文句を言われたり、面倒くさがられたり、そんな一つ一つが全部、本当に楽しくて仕方なかったのだ。

そしてそれはきっと、エルドラドも同じだと思っていた。

口ではなんと言っていても、彼も自分と同じように一緒にいて楽しいと思ってくれていると、これからも一緒にいたいと思ってくれていると、そう思っていたのに——。

「なんだよ、エルドの奴……」

茂みを掻き分けて進むうち、ほろりとつい本音が零れ落ちてしまって、ノアはきゅっと唇を引き結んだ。けれど辺りにはザワザワと風に揺れる葉音が聞こえるばかりで、文句に答える声もない。

それが無性に寂しくて、悲しくて、……悔しくて、ノアはぴたりと足をとめると思い切り息を吸い込んで、——叫んだ。

「……っ、エルドのバカー!!」

今日一番の大声が、深い森の中に響き渡る。ぼろっと零れた涙を袖口でぐいっと拭《ぬぐ》って、ノアは大股でずんずんと歩き出した。

「なんだよ……、なんなんだよ、エルドの奴。さよならも言わないで行っちゃうなんて、そんなの薄情すぎるだろ！」

楽しかったのは自分だけではないはずなのに、自分だって彼にとって少しは心の慰めになったはずなのに、一言もなにも告げずに姿を消したエルドラドに、むかむかと腹が立ってくる。

「なにか事情があるんなら、ちゃんと説明していけよ、バカ！　なんにも言われない方が心配するに決まってるだろ！」

どうせ聞いている者などいないのだからと、衝動のまま文句を並べ立てるうち、また目頭が熱くなってくる。ううう、と唸ったノアは、辿り着いた滝の下でぐいぐいと目元を拭ってから弓をその場に置き、岩に手をかけた。

赤い月光を頼りに、ごつごつとした岩を登っていく。すぐ近くではゴウゴウと大きな音を立てて、滝が水飛沫を上げていた。

この滝にも、何度も一緒に来た。ここだけじゃない。この森のあちこちに、エルドラドとの思い出が詰まっている。

（……オレはもっと、もっと一緒にいたかった。あの花畑だけじゃない。次の季節に咲く花も、その次のも、エルドと一緒に見たかった）

彼が竜だろうが、竜人だろうが、関係ない。

ずっと、ずっと一緒にいたかった。

離れたくなかった。

そしてそれ以上に、彼が仲間の元に戻る気になったのなら、ちゃんと見送りたかった。

ちゃんと、その背を押したかった。

（エルドが立ち直れたのはオレがいたからだなんて、そんなおこがましいこと思ってるわけじゃない。でも、エルドにとっての門出なら、ちゃんと送り出してあげたかった。よかったねって、そう言ってあげたかった）

これだけ探しても、どこにもいないのだ。きっとエルドラドは本当に何事もなく、仲間の元に旅立ってしまったのだろう。

彼が無事なら、それに越したことはない。仲間のところに戻ったのなら、本当にいいことだ。

でも。それでも。

「……っ、エルドのバカ……！」

そう言わずにはいられなくて、ノアが呻きながらほろりと涙を零した、――その次の、瞬間。

「あ……！」

ずるっと、岩にかけていた足が滑り、体ががくんと沈む。まずいと思った時にはもう手が岩から離れていて、ノアは思わずぎゅっと目を瞑った。

（落ちる……！）

ゴウゴウと、滝壺に叩きつけられる水の爆音が近くなる。身を強ばらせたノアだったが、ドッと背中に感じた衝撃は思っていたよりも随分と軽いものだった。

（…………？）

ふわりと、やわらかな風が頬を撫でる。

滝壺に落ちたにしては不思議なその感触におそるおそる目を開けて——、ノアは驚愕に息を呑んだ。

「っ、エルド!?」

「…………」

見上げた先、自分の顔のすぐ近くに、探し求めていた赤い竜人その人の顔があったのだ。

険しい顔つきのエルドラドは、どうやら自分を横抱きにしたまま空を飛んでいるらしい。力強い翼の音がする度、ぐんと風の抵抗を頬に感じて、ノアは慌ててエルドラドの胸当てにしがみついた。

「う、わ……っ」

竜の姿の時には何度もその背に乗せてもらったけれど、竜人の姿では初めてだし、夜に飛ぶのも初めてだ。力強い腕は逞しく、そう簡単に自分を落とすことはなさそうだけれど、眼下に広がる森は真っ暗で、本能的な恐怖を覚えてしまう。

身を強ばらせたノアを抱えたまま、エルドラドは一気に高度を落とした。トン、と降り立ったのは二人が過ごしていたあの洞窟の入り口だった。

「…………」

「あ……、ありがとう、エルド」

無言のままの彼に地面に降ろされて、ノアはとりあえずお礼を言った。しかし、立て続けの出来事に膝が震えて、その場にへたり込んでしまう。

けれどエルドラドはそんなノアをちらりと見やると、苦しそうに瞳を眇めはしたものの、また空へと舞い上がろうとしたのだ。

「ちょ……っ、待って！　待って、エルド！」

まるで逃げるようなその態度に驚きながらも、ノアは必死に手を伸ばし、長い彼の尾の先にしがみついた。今しも飛び立とうとしていたエルドラドが、慌てたように地面に足を着けて唸る。

「……っ、離せ……！」

「嫌だ！　なんで行っちゃおうとしてるんだよ！」

折角会えたのにと、ノアはエルドラドを見上げて必死に告げる。

「オレ、エルドのこと探してたんだよ！　ちゃんと会って、お別れ言いたいって……！」

あんなタイミングで助けてくれたということは、エルドラドはきっと近くで自分を見ていたに違いない。いつからかは知らないが、自分が彼を探していたことくらい、見当はついているはずだ。

だというのにどうしてと、そう視線で訴えたノアに、エルドラドはハ……、と息をついて低く呻く。

「……離せ」

「嫌だってば！　大体なんで、オレになにも言わずにいなくなったりしたんだよ。仲間のところに帰るなら帰るで、せめてオレが元気になるまで待っててくれたって……」

「離せ、ノア……！」

唸り混じりの低い、低い声で遮られて、ノアは反射的にびくっと肩を揺らした。

口を噤んだノアを見下ろして、エルドラドが呻くように告げる。

「お前が回復するまで待たずに旅立ったりして、悪かった。だがそれは、急がなければならない事情があったからだ」

「……事情って？」

やはり危惧した通り、彼になにかあったのか。少し緊張しながら聞き返したノアに、しかしエルドラドは首を横に振る。

「……お前には、関係のないことだ」

「……っ」

エルドラドの答えを聞いて、ノアはガンと頭を殴られたような衝撃を覚えた。

（なんだよ、関係ないって……。そりゃ、確かにそうなのかもしれないけど、でも、そんな言い方しなくたって……）

きっとなにか、自分には言えない理由があるのだろう。それは仕方のないことなのだからと必死に思おうとするけれど、どうしても悔しさが込み上げてくる。

自分はただ、エルドラドが心配なだけなのに。

それなのに関係ないなんて、まるで今まで一緒に過ごしてきた日々のなにもかもを全部、否定されたみたいだ――……。

「……ノア」

俯いて唇を噛《か》んだノアをじっと見つめて、エルドラドが声を歪《ひず》ませる。

「すまない、ノア。だがもう、……もう、行かなければ。早くしなければ、オラーン・サランが始まってしまう……」

「オラーン・サラン……？」

エルドラドの言葉に、ノアは首を傾げた。

確かに、赤い満月の夜はもうすぐそこまで迫ってきている。だがそれが、エルドラドが急ぐ理由とどう関係があるのだろう。

しかし、疑問に思っている間に、エルドラドの尾がするりとノアの手から抜け出ていってしまう。

「あ……！」

思わず声を上げたノアを見やって、エルドラドが低く唸った。

「……夜の森は危険だ。お前はこの洞窟に身をひそめていろ。朝になれば、ラジャが迎えに来る」

「兄さん？　……っ、エルド、兄さんと連絡取ってたの？」

そういえば、エルドラドがここに来たのも単なる偶然ではないはずだ。兄と連絡を取っていたのであれば、自分の不在に気づいた兄がエルドラドに知らせたということなのだろう。つまりエルドラドは、兄に行き先なり、居場所なりを明かしていたのだ。

「なんで……、なんで兄さんに居場所、教えてたんだ……?」

兄がエルドラドの居場所を自分に明かさなかったのは、おそらく彼が口止めしていたからだろう。

自分には別れの言葉もなかったのにと思うとショックだったけれど、それよりなにより、エルドラドがそうした理由が気になる。

一言の挨拶もなく姿を消した彼が兄には居場所を教え、そして自分にそれを教えないよう頼んでいたのには、なにか理由があるはずだ。

「それは……」

呟いたエルドラドが、気まずそうにノアから視線を逸らす。後ろめたそうなその表情に、ノアはひょっとしてと思い当たった。

「オレに、なにかあった時のため……?」

「……っ」

「……そうなんだ」

言葉に詰まったエルドラドを見て、ノアは確信した。

彼はきっと、ノアになにかあった時にすぐ駆けつけられるようにと、兄に居場所を教えていたのだ。そうでなければ、自分が村を抜け出したその日に、彼が自分を探しに来るはずがない。

（エルドはそう遠くないところにいた……。仲間のところに戻るつもりじゃなかった……?）

もしかして仲間のところに戻るというのは、ノアを安心させるための嘘だったのではないだろうか。急にいなくなった彼を、ノアが探したり追いかけたりしないように——。

（……エルドはなんで、そこまでしたんだ？　オレのことを心配してくれてるのに、それでも離れようとしてる理由って、なんだ？）

エルドラドの真意が分からない。

何故彼は、嘘をついてまで自分から離れようとしたのか。

何故今、こうして助けてくれたというのに、自分を遠ざけようとしているのか。

何故、彼らしくもなく、関係ないと突き放すようなことを言うのか——。

「なんで……？　なんでエルド、オレのこと避けるんだ……？」

「…………」

「なんでだよ、エルド……！」

考えても、考えても分からなくて、ノアはエルドラドの腕を掴んだ。

息を詰めたエルドラドが、赤い月光を受けて照り輝く黄金の瞳を眇めて唸る。

「……っ、離せ、ノア……！」

「嫌だ！　ちゃんと答えろよ、エルド！　じゃないと、オレ……！」

このまま別れてしまったら、きっとエルドラドとは二度と会えないだろう。

今度こそ彼は、自分の前から姿を消してしまう。そんな予感がする。

（そんなの嫌だ……！　オレはエルドの考えてること、ちゃんと知りたい。ちゃんと知って、納得して、笑って送り出したい……！）

彼がどこに行くつもりにしろ、こんな別れ方はしたくない。

彼が自分のことを嫌いになったとか、疎ましくなったのなら仕方ない。でもエルドラドは、今までと変わらず自分のことを案じてくれている。大切に思ってくれている。

それが分かるから、余計に引けない。

「ちゃんと答えてくれるまで離さないからな……！　オレだってエルドのこと、大事なんだから！」

「……っ」

ずっと一緒にいたいと思うほど大切で、特別で。そんな彼だからこそ、うやむやにしたくないし、されたくない。

眼差《まなざ》しを強くしたノアから顔を反らし、エルドラドがそっと目を閉じる。人ならざるその大きな口から漏れたのは、苦しげな呻き声だった。

「ノア……、頼む、離してくれ……。俺はお前を、傷つけたくない……」

「嫌だ……！」

振り解《ほど》こうというのかと、ノアはエルドラドの腕にますます強くしがみついた。

彼が本気を出せば、自分などひとたまりもない。それでも、たとえ傷つけられても、この手を離すつもりはない。

「傷ついたっていい！　怪我したって構わない！　オレはエルドが大切だから、絶対諦めない！」

「ノ、ア……」

「逃げるなよ！　ちゃんと……っ、ちゃんとオレの方見て、全部話してよ！」

こんなに近くにいるのに、もう一度会えたのに、あの優しくて綺麗な黄金の瞳が自分に向けられていないのがもどかしくてたまらない。

どうでもこちらを向かせたくて、向き合ってほしくて、無我夢中で訴えるノアだったが、そこで唐突にエルドラドががくりと膝をつく。

「っ、エルド!?」

「離、せ……！」

ハア、と薄闇に白い呼気が浮かぶ。

歪んだその声と荒い息に、ノアはそれまでの激昂《げきこう》も忘れて戸惑った。

「エル、ド……?」

「頼む……、今すぐ俺から、離れろ……!」

よろ、と立ち上がりながら呻いたエルドラドが、ノアに掴まれていない方の手で自分の喉元をぐっと押さえ込む。ウウ、ウウウ、と獣のような唸り声が漏れ聞こえてきて、ノアは驚いてしまった。

「ど……、どうしたの、エルド? 苦しいの?」

「ノ、ア……」

「待ってて! すぐに川で水汲《く》んでくるから……!」

とりあえず洞窟の中からなにか入れ物になるようなものを取ってこようと、ノアが踵《きびす》を返して走り出そうとした、その時だった。

「ノア……!」

「え……、……っ」

一声吼えたエルドラドが突然、ノアを真正面から抱きすくめてくる。ノアが驚いて目を見開いた次の瞬間、——唇に、赤い鱗が触れていた。


「っ、エル、……っ!」

その名を呼ぼうとしたノアの口を塞ぐように、大きな口が強く押し当てられる。さり、と擦れた鱗の感触に、ノアは硬直したまま目を瞠った。間近で光る金色の瞳を、ただ茫然と見つめる。

(なに……、なんで……)

なにが起きているのか、どうなっているのか、どうしてこうなったのか、まるで分からない。

けれど、今自分の唇に触れているのは、確かにエルドラドの口だ。大きさも感触も、なにもかも人間とは異なるけれど、唇を重ねるこの行為は他の言葉では言い表しようがない。

自分はエルドラドにくちづけられている——……。

「……っ」

自覚した瞬間、カアッと顔が熱くなる。

夜目にもそれが分かったのか、一度瞬きしたエルドラドは抱きしめてきた時とは打って変わってそっと、その腕を解いた。

「……すまなかった」

苦しげな表情で謝り、くるりと背を向けて翼を大きく広げる。今しも飛び立とうとしているその背に、ノアは思わず飛びついていた。

「待って、エルド！　ちょっと待って！」

「……ノア」

「い……、今の……、今の、なに……？」

まだ混乱しながらも、震える声をどうにか押し出して問いただす。

「なんで、あんな……、な、なんで……？」

どうしてエルドラドが突然あんなことをしたのか、一体どういうつもりなのか。ちゃんと説明してもらうまで、この手を離すわけにはいかない。

ぎゅっと背にしがみついたノアの力の強さで、その思いが伝わったのだろう。エルドラドが低い唸り混じりにため息をつき、ノアに背を向けたまま問いかけてくる。

「……ノア、前に話した、運命の対のことを覚えているか」

「え……、う、うん」

それは、人ならざる竜人たちが深く愛する相手のことだ。

オラーン・サランの夜、赤き月の縁で結ばれた、特別な相手――。

それがどうしたのだろうと思いながら頷いたノアだったが、エルドラドは静かに目を伏せると苦々しげに言う。

「あの時お前はロマンチックだと言ったが、運命の対には呪いのような側面もある」

「……呪い？」

穏やかではない単語に、ノアは思わず身構えてしまった。

「どういうこと？　もしかして、さっきエルドが苦しそうだったのも、その呪いが関係あるの？」

「……ああ。ある」

ノアの問いかけに頷いたエルドラドは、一つ大きく息をつくと、ノアを振り返った。

赤い、赤い月光に、エルドラドの鱗が一層深い紅に染まる——。

「俺たち竜人は、オラーン・サランの夜、運命の対に発情する。運命の対を失った竜人が竜に姿を変えたり、命を落としたりするのは、深い悲しみだけでなく、その発情の苦しみに耐えきれないからだ。発情はオラーン・サランの度に起き、愛する相手と身も心も結ばれなければ到底おさまらない。……そして俺はお前に、発情している」

「え……」

「俺はお前を、俺の運命だと思っている。ノア、俺はお前を愛してしまったんだ……！」

——愛を告げるにはあまりにも狂おしげな、あまりにも絶望的な声に、ノアは茫然としてしまった。

（今……、今、エルド、なんて……？）

愛していると、そう言ったのか。

自分を愛してしまって、発情している、と——。

（発情って……、エルドが、オレに……？）

目の前の彼が自分にとそう思った途端、カァアッと羞恥で頬が熱くなる。しかしその時、苦しげに呻いたエルドラドが、自分の喉元を押さえてがくりと膝をついた。

「エルド！」

「……っ、近寄るな……！」

駆け寄ろうとした途端、大声で制される。反射的にびくっと震えてしまったノアは、その場に立ちすくんだ。

ぜいぜいと、息をするのもつらそうにしながら、エルドラドが声を振り絞る。

「それ以上、俺に近寄るな！　この発情は、理性でどうにかできるようなものではない！　このままでは俺は……、俺は、お前を喰らってしまう……！」

「っ、喰らうって……、まさか、そんな……」

目を瞠ったノアだったが、エルドラドは自嘲気味に唸る。

「嘘だと思うか？　俺がお前に危害を加えることはないと……？　だがそれは、幻想だ。俺はお前を喰らってしまいたいと、今この時もそう思っている。喰らってしまえば、……俺の血肉にしてしまえば、お前のすべてを俺のものにできる……」

「……っ」

エルドラドの言葉に衝撃を受けたノアだったが、自分に向けられた黄金の瞳はギラギラと強い光を放っている。思わず息を呑み、身を強ばらせたノアを見つめたまま、エルドラドが呻いた。

「……俺はもう、なにも失いたくはない」

無理矢理引き剝《は》がすようにして視線を逸らしたエルドラドが、苦しげに息を乱しながら続ける。

「十五年前、俺の母は人間に殺された……。母の力を狙った方術使いが逆鱗を奪い、殺したんだ」

「……っ、人間、が……？」

初めて明かされた真実に、ノアは愕然としてしまった。きっとつらい別れだったのだろうと思っていたけれど、まさかそんな経緯があったなんて思ってもみなかった。

ぐっと、胸元を押さえる手に一層力を込めながら、エルドラドが告げる。

「幼い頃に父を病で亡くした時には、母がいた。だがその母を亡くし、竜人の姿を失った。俺はこれ以上なにかを失いたくなくて、二度と大切な者を作らないために、ここに辿り着いた。……失うくらいなら最初からない方がましだと、そう思ったからだ」

出会った時、エルドラドはここで一人で静かに過ごしたいだけだと、そう言っていた。彼が孤独と静寂を選んだのは、やはり傷つくことを恐れたからだったのだ。

厚い雲が、月影を遮る。

ハ……、と少しだけ息をゆるめて、エルドラドは顔を上げ、じっとノアを見据えた。

「……だがそんな俺の前に、ノア、お前が現れた。お前は俺に、孤独はなにも生まないことを思い出させてくれた。確かに、最初から一人なら、そこに悲しみは生まれないだろう。だが同時に、喜びも生まれはしない。生きながら死んでいるのと同じだ」

エルドラドの言葉に、ノアは最初に彼と対峙《たいじ》した時のことを思い出す。あの時の彼は、悲しみと孤独以外の感情をすべて凍らせてしまったかのような、欠片《かけら》も温かみのない瞳をしていた――。

「……お前が俺に、生きる喜びを与えてくれた」

喜びと、そう言いつつも、エルドラドの表情は苦渋に満ちていた。

まるでその喜びを享受することを、諦めてしまっているかのように。

「俺にもう一度生きる喜びを与えてくれたお前を、竜人の姿と誇りを思い出させてくれたお前を失うことだけは、耐えられない。それならいっそ……、いっそ、喰らってしまいたい。永遠に俺のものに、してしまいたい……」

雲が晴れ、赤い満月が現れる。深紅の月光に照らされた黄金の瞳は、獣欲に煮え滾《たぎ》り、燃える炎のように揺らめいていた。

今しも誘惑にすべてを明け渡し、本能のまま自分を喰らってしまいそうな人ならざる存在を前に、ノアは指一本動かすこともできず、ただじっと息をひそめていた。

ノア、と呟いたエルドラドが、その大きな手を上げ、ノアに指先を伸ばす。煌めく赤い鱗は、しかしノアの頬に触れる寸前でスッと離れていった。

ぐっと固く手を握りしめたエルドラドが、きつく目を眇めて俯く。何度も、何度も重い息を吐き出して、エルドラドはその手をゆっくりと下ろした。

「……っ、できる、ものか……。なによりも大事な、……なによりも大切なお前を喰らうなど、誰ができるものか……！」

低い呻き声は、彼の理性を振り絞るような、苦渋に満ちたものだった。

エルドラドは、目の前のこの赤い竜人は、本当に自分を運命《さだめ》の対《つい》として愛し、そしてそれ故に苦しんでいるのだ――……。

「……エルド」

こくりと喉を鳴らし、呼びかけたノアに、エルドラドがぴくっと肩を揺らす。

「……洞窟に、入れ」

「っ、でも」

「いいから入れ……！」

咆哮《ほうこう》を上げたエルドラドが、グゥウッと喉を詰まらせる。

もうその場に留《とど》まっているだけで精一杯なのだろう。背を丸めたエルドラドは岩場に爪を立て、喉奥からせり上がる唸りを必死に押し殺しながら叫んだ。

「俺から離れろ。早く、今すぐに……！」

それは、命令の形をした懇願だった。

彼が身の内に渦巻く激情を堪える度、赤い月光に照らされた深紅の鱗が、強風に波立つ水面のようにザァアッ、ザァアッと逆立ち、その色を変える。

燃え盛る紅蓮の炎のようなその鱗に、ノアはそっと、手を伸ばした。

「……っ！　なにをする……！」

ノアの指先が肩に触れた途端、エルドラドが弾かれたように顔を上げ、きつく目を眇めて唸る。

「離れろと言ったはずだ！　さっさと洞窟に……」

「……嫌だ」

エルドラドを遮って、ノアはきっぱりと告げた。

「エルドの気持ちは分かった。でも、オレはエルドと離れたくない。……一緒にいたい」

「な……」

黄金の瞳が、大きく見開かれる。

茫然とする赤い竜人を見つめて、ノアは自分の心に向き合った。

エルドラドが自分に恋愛感情を抱いていたなんて、思ってもみなかった。発情なんていきなり生々しいことを告げられて正直戸惑っているし、逃げ出したいくらい恥ずかしい。

でも、それでも、自分にとっても彼が特別で、大事であることは確かだ。

自分はエルドラドとどんな時も共にいたいし、もっと近づきたい。

彼の一番近くにいたい、ずっと一緒にいたいと、そう思う——……。

(……ああ、そっか。オレ、もうとっくにエルドのこと……)

すとんと、あるべきところに心が収まったような感覚がして、ノアはふっと笑みを浮かべた。

赤い月光を溶かした美しい黄金の瞳を見つめて、心のままに告げる。

「……好きだよ、エルド。オレもエルドのことが、好きだ」

「…………」

あまりにも予想外だったのだろう。エルドラドが言葉もなく固まる。

大きく目を見開いたまま微動だにしなくなった竜人に、ノアは苦笑を浮かべた。自分だって今この気持ちに気づいたくらいだから、きっとエルドラドにとっては寝耳に水のような話だろう。

(……でも)

ノアはそっとエルドラドに手を伸ばすと、その人ならざる顔を両手で包み込んだ。

「好きだよ、エルド。……本当に」

伝わるようにと想いを込めて、彼の鼻先に唇を押し当てる。

さりさりとした鱗は、まるで発熱しているかのように熱かった。

「……エルド、本当は仲間のところに帰るなんて嘘だったんじゃないか？」

そっと唇を離して、ノアはエルドラドに問いかけた。

エルドラドがこんなに熱くなっているのはきっと、オラーン・サランの発情のせいだろう。人間の自分にはその苦しみのすべてを理解することはできないのかもしれないけれど、でも彼の考えそうなことは分かる。

「本当はまた一人になるつもりだった。オレを襲わないために……、違う？」

「……そう、だが……」

茫然としたまま頷いたエルドラドが、ハッと我に返り、いや、と慌てて誤魔化そうとする。口ごもるエルドラドに、ノアは苦笑を零した。

「嘘が下手《へた》だな、エルド。それに、オレの言ったことも全然、分かってない」

「お前、の……？」

問い返したエルドラドに頷いて、ノアはその顔をしっかり見つめて言った。

「うん。……失ったものは取り戻せないって、オレ、そう言ったはずだよ」

この洞窟で、エルドラドと初めて会った時。一人でいたいと言った彼に、自分は告げた。

失ったものは取り戻せない。それでも、一人でいたらずっと寂しいままだ、と。

「エルドがいなくなったら、オレはきっとこの先誰といても、ずっと寂しいままだ。エルドをなくしたことで空いた穴は、エルドにしか埋められないものだから」

もしエルドラドと離れればなれになってしまったら。……失ってしまったら。

そんなことになったら、他の誰がそばにいても、自分はきっと孤独を埋められないだろう。——エルドラドを、好きになってしまったから。

「でもそれは、エルドだって同じだろ？　エルドだって、オレがいなくなったら寂しいはずだ。だから、オレのこと食べたくても我慢して。オレもエルドに寂しい思い、させたくない」

「……ノア」

「代わりにずっと、……ずっと一緒にいるから」

竜人の彼と自分では、寿命が違う。きっと自分は彼を置いて、先に逝ってしまう日が来る。

それでも、約束したい。

自分の命ある限り、彼のことを愛すると。


「どこにもいかないで、オレのそばにいて。そしたらオレたち二人とも寂しくないよ。でしょ？」

笑いかけたノアに、エルドラドはしばらく無言だった。硬直したまま、再びぴくりとも動かなくなったエルドラドに、ノアは首を傾げる。

「エルド？」

「……いい、のか……？」

低い声は、躊躇うようにかすれていた。

「俺はお前を……、お前を愛しても、いいのか？　俺は竜人で……、お前と同じ、男で……」

「そんなこと言ったらオレだって人間だし、同じ男だよ」

ぎこちなく言葉を発するエルドラドに笑って、ノアは自分よりずっと逞しいその胸に抱きついた。

「……っ」

「エルドが竜人に戻れてよかった。竜の姿じゃ、前足か尻尾くらいしか抱きしめられないし」

竜人の姿でも腕は回りきらないけれど、そこはご愛敬《あいきょう》ということで許してほしい。

　ぎゅうっと、厚い体を力いっぱい抱きしめて、ノアはエルドラドを見上げた。

「でも、たとえどんな姿でも、オレはエルドが好きだよ。エルドは？」

「……俺、は……」

　まじまじとノアを見つめたエルドラドが、こくりと喉を鳴らす。一度ゆっくりと瞬きをした彼は、けれどもう躊躇わず、ノアを強く抱きしめて言った。

「俺もだ……！　俺も、お前が好きだ……！　どんな姿でも関係ない。俺は……、俺はお前を、ノアを愛している……！」

「……うん」

　オレも、と笑って、ノアは落ちてきたくちづけに目を閉じた。

　オラーン・サランの紅に染まったエルドラドのくちづけは熱くて、甘くて——、これ以上ないほど、幸せだった。


　ゆらゆらと、炎を映し込んだ黄金の瞳が揺らめいている。

　煮詰めた蜂蜜のようなその瞳を見つめながら、ノアは重ねた唇から濡れた熱い吐息を零した。

「は……っ、ん、ふぁ……」

　人間のそれより大きく分厚い舌が、零れ落ちた吐息すら愛《いと》おしむようにノアの舌を、唇を舐《な》めくすぐる。向かい合う形でエルドラドの膝に座らされたノアは、胸当てを取った彼の胸元に置いた手をぎゅっと握りしめた。

　想いが通じ合った後、ノアはエルドラドに抱き上げられて洞窟の中へと連れてこられた。夜行性の蝙蝠たちはすでに狩りに出かけており、広い洞窟には二人の他に誰もいない。

燃えさしのたき火につけられた炎だけが、睦《むつ》み合う二人を照らしていた。

「ん……、は、エルド、少し、落ち着いた……？」

深いくちづけを続けるうち、だんだんとエルドラドの唸りがおさまってきたのに気づいて、ノアは息を荒らげながら問いかける。するとエルドラドは、やわらかく目を細めて頷いた。

「ああ。ここなら月光も直接は届かないし、……それになんと言っても、お前の匂いが甘く香ってくるからな」

大きな手でノアの後頭部をすっぽり包み込んだエルドラドが、こめかみに鼻先を擦りつけてくる。深く息を吸って匂いを確かめた彼が安堵したように息をつくのに気づいて、ノアは首を傾げた。

「……オレ、そんなに匂う？」

寝込んでいた間も毎日体は拭《ふ》いていたけれど、自分では分からないだけで体臭がきつかったりするのだろうか。

心配になってしまったノアだったが、エルドラドはふっと小さく笑って首を横に振る。

「そうじゃない。力の強い竜人は、相手の発する匂いでどんな感情を抱いているかが分かるんだ。とはいえ、匂いは主観的なものだから、好ましい相手の匂いはより好ましく感じるが」

「へえ……。オレの匂い、いい匂い？」

「ああ。……この上なく、いい匂いだ」

長い腕でノアを抱きすくめたエルドラドが、耳元や首筋にも鼻先を押しつけてくる。さりさりと擦れる鱗がくすぐったくて、ノアはくすくす笑ってしまった。

「ちょ……っ、エルド、嗅ぎすぎ。オレの匂い、薄まっちゃいそう」

「駄目か？　お前の匂いもなにもかも、俺が全部独り占めしたい……」

「っ、駄目じゃないけど……」

苦笑したノアだったが、エルドラドの腕の中で身をよじった拍子に、彼の足の間に兆したものに触れてしまう。うわ、とその大きさに驚きながらも顔を赤くしたノアを見て、エルドラドが苦しげな吐息混じりに告げた。

「……お前が嫌なら、しない」

「え……、で、でも……」

オラーン・サランの発情は、対となる相手と身も心も結ばれなければ、到底おさまらないのではなかったのか。

言葉尻を濁したノアが何を言いたいのか分かったのだろう。エルドラドが瞳を眇めて言う。

「一度の発情ですぐ姿が変わったり、命を落とすわけではない。お前の心が俺にあると分かった今は、尚更だ」

この匂いもあるしな、とノアの髪にさらりと鼻先を埋《うず》めて、エルドラドが呟く。

「お前はまだ、誰の肌も知らないだろう。それなのにいきなり男に、しかも俺のような竜人に抱かれるなど、無理に決まって……」

「……でも、エルドがこのまま我慢するのも、結構無理があると思うよ？」

盛り上がったそこをじっと見つめて、ノアは首を傾げた。

「匂い嗅いでたら落ち着くって、確かに精神的にはそうかもしれないけど、……でも、体は？」

「……見るな」

「触っていい？」

「駄目に決まって、……っ！」

唸るエルドラドを無視して、ぱふっと衣の上からそれを摑む。片手では到底おさまらないそれは、ノアが触れた途端びくびくと跳ね、一気に熱を増した。

「ほら、やっぱり」

「……今のはお前が悪い……」

呻いたエルドラドが、ノアの手を摑んでそこから引き剝がす。

「ノア……、……っ、お前、俺がどれだけ我慢していると……」

「だから、我慢しなくていいって言ってるのに」

言うなり、ノアは素早く立ち上がり、思い切って自分の服を脱いだ。

「っ、おい！」

「……っ、我慢しないでよ、エルド。そ……、それともオレじゃやっぱり、その気になれない？」

恥ずかしさを必死に堪えて、エルドラドの前に裸をさらけ出す。真っ赤な顔で、今にも泣き出しそうなのを堪えながら肩を震わせるノアに、エルドラドが息を吞んだ。

「ノア……」

「オレ……、オレ、エルドに無理させるの、嫌だ。いくらエルドが大丈夫でも、……でも、嫌だ」

エルドラドは一度の発情では命を落とすことはないと言ったけれど、それでもこのまま自分を抱かなければ彼に負担がかかることは疑いない。

（そんなの、駄目だ。エルドにばっかり我慢させるなんて、絶対違う）

エルドラドが自分を大事にしようとしてくれているのは分かるし、それは嬉しい。でも自分だって彼が自分を想うのと同じように、彼のことを大事に想っているのだ。

それに、自分だって彼に触れたい。

好きだと気づいたばかりだけれど、それでももっと彼に近づきたい、一番近くにいたいと、そう思っている――……。

「オレだってエルドとそういうこと、したい。初めてだし、うまくできないかもしれないけど、それでも……、っ！」

皆まで言う前に、エルドラドにぐいっと手を引かれる。そのまま倒れ込んだところを彼に抱きとめられて、ノアは大きく目を瞠った。

「……悪かった」

耳元で、低くて優しい声がする。

背に触れる大きな手を覆う鱗は、先ほどよりもずっと熱くなっていた。

「お前にそこまで言わせるなど、俺は大馬鹿者だ。……もう迷わない。お前を抱く」

「……っ、う、うん……！」

きっぱりと宣言されて、ノアは大きく頷いた。だが、分かってもらえて嬉しいけれど、未知の行為が怖くもある。

匂いでそれが伝わったのだろう、エルドラドが安心させるようにノアの背を撫でて言った。

「ノアはなにも心配するな。全部俺に任せて、預けてくれ。お前に乱暴な真似《まね》など、誓ってしない」

「……オレのこと食べようとしてたくせに？」

くすっと笑って言い返すと、エルドラドがそれを言うなと苦笑する。お互いに笑みを残したままくちづけられ、ゆっくりと背を撫でられて、ノアはふっと肩から余計な力が抜けていくのを感じた。

恥ずかしいし、怖くもあるけれど、でも、エルドラドなら大丈夫だと思える。

他ならぬ彼になら、全部を預けられる——。

ちゅ、と離れていった恋人を見つめて、ノアは頷いた。

「……ん、分かった。どうしていいか分かんないし、エルドに全部、任せる。……でも、オレもエルドに触りたいんだけど、いい？」

先ほど再会した時のような、狂おしいほどの激情はおさまっているようだけれど、それでも黄金の瞳は欲情に濡れているし、呼吸も普段より荒く、浅い。

彼がオラーン・サランの発情に苦しんでいることは明らかで、どうにかしてあげたくて聞いたノアに、エルドラドは目を細めて頷いた。

「ああ、もちろんだ」

そう言ったエルドラドが、ノアを膝に乗せたまま下衣をくつろげる。ぼろんと飛び出てきた雄の大きさに、ノアは思わず息を呑んでしまった。

「……っ」

「……無理そうなら……」

「む、無理じゃない。ちょっと……、ちょっと、びっくりしただけ」

根元に鱗があるそれは、形は自分のものとそう変わらないけれど、なにせ大きさが違いすぎる。赤くなりつつも強がったノアに、エルドラドがふっと笑みを零した。

「さっきは遠慮なく触っていただろう？」

「さっきより大きいじゃん……」

呻きつつ、触るね、と声をかけて手を伸ばす。おそるおそる両手で雄茎を包み込むと、エルドラドの口からハ……、と熱い吐息が漏れた。

「……気持ちいい？」

普段あまり自慰をしないし、他人のを触るのももちろん初めてだから、うまくできている自信なんてない。それでもエルドラドに気持ちよくなってほしくて懸命に両手を動かしながら聞いたノアに、エルドラドがグルグルと喉を鳴らしながら頷く。

「ああ、とても。俺も、お前に触れていいか？」

「う……、うん」

頷くと、大きな手がそっと頬を包み込んでくる。ちゅ、ちゅっと目元や耳元にくちづけられながらゆっくりと背や腰を撫でられて、ノアは心地よさに、はふ、と濡れたため息をついた。

熱くてさらさらした深紅の鱗に触れられる度、そこにぽっと火が灯《とも》るような感覚が走る。

パチパチとたき火が弾ける音と自分たちの呼吸しか聞こえない中、少しずつ自分の息が上がっていくのが恥ずかしくて、でもやめてほしくなくて、もっと触ってほしくて。

（……不思議だ。エルドに触られるの、すごく安心するのに、すごくドキドキする）

自分を絶対に傷つけることのない大きな手は優しくて、甘やかされていると分かるのに、同時にとんでもなくいやらしい。

触れたい、愛したい、全部知って、全部自分のものにしたいと、言葉はなくとも雄弁に訴えてくるその手に、肌に灯った火がどんどん熱を増して、じわじわと体の底までその熱が滴り落ちてくる――……。

（オレももっと、……もっとエルドに触りたい）

触れられるのが嬉しくて、気持ちよくて、少しでも自分も彼に同じものを返したくて、伝えたくてたまらない。

は……、と熱い吐息を零しながら、ノアはぎこちなく両手でエルドラドの陰茎を扱《しご》き続けた。時折目を細めたり、熱いため息をつく彼の反応を見ながら、ここがいいのかな、とくびれの部分や先端を撫でてみる。

小さな手で懸命に愛撫《あいぶ》を続けるノアに、エルドラドがグルル……、と喉奥で低く唸った。

「お前の匂いが甘くなっていく……。俺が触れてもお前は恐怖でなく、快楽を感じてくれるんだな」

「……そんなのも匂いで分かるの？」

自分が感じていることも彼には匂いで筒抜けなのかと思うと、少し恥ずかしい。怖がってないのが伝わるのは嬉しいけど、と複雑になったノアに、エルドラドが今までで一番渋い顔つきで唸る。

「……お前が嫌なら嗅がない。……なるべく……」

「あはは、別に嫌じゃないよ」

断腸の思いで下した苦渋の決断、と言わんばかりの彼に、思わず笑ってしまう。

「多分オレ、どんなに嗅がれてももうエルドのこと好きって匂いしかしないと思うから。だからそれでエルドが安心するなら、好きなだけ嗅いでいいよ」

「……っ、ノア……」

「わ、おっきくなった」

エルドラドが呻いた途端、手の中の彼がどくりとまた膨れ上がる。鈴口から溢《あふ》れた透明な蜜に、ノアはえへへと照れ笑いを浮かべた。

「オレは匂いは分かんないけど、でもエルドがオレのこと好きってことはちゃんと知ってるし、分かってるから。エルドがオレの匂い嗅ぐのもオレのこと好きだからなんだろうなって思うから、嬉しいよ」

「……俺はもう、お前の匂いしか嗅がない……」

唸ったエルドラドが、ぎゅっと抱きしめてくる。

そこまでしなくてもいいけど、と笑うノアの耳元や首すじに幾度もくちづけながら、エルドラドはノアの両脇に手を差し入れてきた。

長い親指が、普段意識したことのない、胸の小さな突起を弄《いじ》り始める。ふにふにとやわらかく押されると、くすぐったさだけではない掻痒感《そうようかん》が込み上げてきて、ノアは少しうろたえてしまった。

「エ……、エルド、そんなとこ……」

男の自分の胸なんて触っても楽しくないだろうと思ったノアだったが、エルドラドは熱っぽい目でノアを見つめながらグルグルと喉を鳴らして言う。

「……全部俺に任せてくれるのだろう?」

「それは……、……けど」

「俺はノアの全部が欲しい。お前の全部に触れたいし、全部を嗅ぎたいし、全部可愛がりたい」

「な……、あっ、んん……!」

恥ずかしい台詞《せりふ》に赤くなったノアが文句を言うよ

り早く、エルドラドが長い首を曲げてノアの胸元に顔を寄せてくる。ぺろりと舐め上げられた途端、唇から上擦った高い声が漏れてしまって、ノアは真っ赤に茹《ゆ》で上がった。

「……っ、エルド……っ」

「……ノアはどこもかしこも小さくて、信じられないくらい可愛い」

ハア、と堪えるような熱い息混じりに呟いたエルドラドが、ノアの乳首を舐め転がしながら、そっと足の間に手を伸ばしてくる。

芯を持ち始めたそこを鱗に覆われた手に包まれた途端、腰から下に蕩《とろ》けそうな感覚が走って、ノアは思わずエルドラドの雄茎から手を離し、彼の頭をぎゅっと抱え込んでしまった。

「ふ、あ……っ、そこ……っ」

そんなところを触りながら小さいとか可愛いなんて言うなと、そう文句を言いたかったのに、甘く熱い快感に呑まれてまともな言葉が紡げなくなる。

あっ、あっと頼りない声を上げて震えるだけになってしまったノアに、エルドラドがグルル……、と獣のような唸り声を漏らした。

「今度は俺が、お前を気持ちよくしてやる」

「ま、待……っ、あ、あ……！」

ツンと尖《とが》った胸の先を舌と指でくすぐられながら、性器を扱き立てられる。サラサラとした鱗の細かな凹凸《おうとつ》に擦られたそこはあっという間に膨れ上がり、先走りの蜜に濡れてくちゅくちゅと恥ずかしい音を立てた。

「ひぅ……っ、あっ、や、や……っ」

なめらかで熱い、大きな舌に尖った花芽を押し潰される度、ジンジンと知らない快楽が腰の奥に滴り落ちてくる。押し当てられた舌越しに、エルドラドがグルル……、と唸る振動が伝わってきて、まるで電流でも流されているみたいにもどかしい甘痒さがどんどん膨れ上がっていって。

ハ……、と熱い吐息を零したノアは、快楽に流されそうになりながらもそんなところで感じるなんてと戸惑い、懸命にエルドラドを制止しようとした。

「っ、エルド、ちょっと待……っ、あ、んん！」

「ん……、ああ、お前の匂いがどんどん、甘くなって……」

しかし、ノアの快感を匂いで確かめたエルドラドは嬉しそうに呟き、一層愛撫に熱を込めてしまう。

ぷっくり膨れた乳首を鱗に覆われた口で優しく喰まれ、ぬるぬるに濡れた花茎の先っぽを指の腹で弄くられて、ノアはたまらずエルドラドの頭にしがみつき、必死に喘《あえ》ぎを堪えた。

「ひっ、あっ、あ、んん……っ、んー……！」

エルドラドに触れられているどこもかしこも気持ちよくて、爪の先まで全部快楽に支配されたみたいに感じる。自分の体がどうにかなってしまったみたいで怖くて、それなのにエルドラドの手に包み込まれたあそこはどんどん限界に近づいていって、この快感をどう受けとめたらいいのか、どうしたらいいのか、もう分からなくて。

「エ、エルド……っ、エルド……っ」

混乱しきって必死に名前を呼んだ途端、ぴくりとエルドラドが反応する。すう、と匂いを確かめたエルドラドは、慌てて顔を上げ、今にも泣き出しそうなノアを見て大きく目を瞠った。

「……っ、すまない、ノア……！　怖かったか？」

「……ん、少し……」

愛撫がやんでほっとしたノアは、震える手でぎゅっとエルドラドの首にしがみつく。

「すまない……」

唸ったエルドラドが、少し躊躇いつつ、そっとノアの背を撫でてくちづけてくる。

ノアの速い鼓動が伝わったのだろう。エルドラドはやわらかくノアを抱きしめると、幾度も唇を啄《ついば》んできた。

「ん……」

なだめるようなくちづけに、少しずつ気持ちが落ち着いてくる。は……、と息をついたノアに、エルドラドがもう一度謝ってきた。

「悪かった、ノア。どこに触れてもお前が甘い声を上げるから、調子に乗った」

「ん……、ふは、エルドでも調子に乗ること、あるんだ？」

「……からかうな」

ノアの唇にすりすりと鱗を擦りつけながら呻く彼は、すっかりしょげ返ってしまっている。大きな背を丸め、自分をすっぽり包み込むように抱きしめながらひどく落ち込んでいる竜人が、なんだかもう愛おしくてたまらなくて、ノアはくすくす笑いながらエルドラドにくちづけた。

はむはむと唇で甘噛みするような悪戯《いたずら》をするノアが落ち着いてきたのが、匂いで分かったのだろう。それでも心配そうな顔をしているエルドラドに、ノアは笑いながら言った。

「……本当に大丈夫だってば。ちょっとびっくりしちゃっただけ」

「しかし……」

「あんなことされるの初めてだったから、どうしたらいいか分かんなくなっちゃっただけ。だから気にしないで」

ね、と微笑みかけながらその鼻先にちゅっと唇を押し当てると、エルドラドが複雑そうな顔で唸る。

「何故、怖がらせた方の俺が、ノアになだめられているんだ……？」

「だってエルド、オレを怖がらせるの、すごく怖がってるから」

苦笑して、ノアはエルドラドをじっと見つめて言った。

「……ね、続きしようよ、エルド」

「ノア……、だが」

「怖いけど、でもしたいんだよ。だってオレ、エルドのことが大好きだから」

躊躇う恋人の鼻に自分の額をくっつけて、嗅いでと促す。匂いで分かるという彼にちゃんと全部、伝えたかった。

「オレが怖がったら、またぎゅってして。それで大丈夫だから」

「……本当か？」

くんくんとノアの匂いを確かめながらも疑わしそうな目をするエルドラドに本当本当と笑って、ノアは本人と同じくちょっとしょげてしまった雄茎をさすった。

「ん、よかった、元気になってきた。えっと、これをオレの、お……、お尻に入れる、んだよな……？」

すぐに勢いを取り戻したそれにほっとしつつ、この先の行為を考えて怯《ひる》んでしまう。

続きをしようと言ったのはいいけれど、こんなに大きなもの、そうやすやすと入るとは思えない。どうしたらいいのかと途方に暮れそうになったノアだったが、そこでエルドラドが促してくる。

「ノア、後ろを向いて、そこの岩に手をついてくれるか？」

「岩？　こう？」

唐突なエルドラドの指示を不思議に思いつつ、ノアは立ち上がって彼に背を向け、近くにあったつるつるの岩に手をついた。振り返って首を傾げる。

「これでいい？」

「ああ。……これで続きができる」

「え？　続きって……、っ!?」

一体どういうことかと思ったその時、エルドラドがノアの尻たぶをぐっと左右に押し開く。無防備に晒されたそこに、ノアはカアアッと真っ赤になってしまった。

「ちょ……っ、エ、エルド!?」

「……小さいな。それにとても、可愛い」

「だから、どこ見て言って……っ、っ！」

抗議しかけた途端、あらぬところにさらりと鱗の感触を感じて、ノアはこれ以上ないほど大きく目を見開いた。

「……っ、……っ！」

「ん……、そんなにひくつかせるな。誘われているようで興奮する……」

「ちがっ、あ……！　ん、んっ！」

否定する間もなく、ぬるりと熱い、大きなものがそこを這う。きゅっと窄《すぼ》まった襞《ひだ》のひとつひとつをくすぐるように舐められて、ノアは身を強ばらせてぎゅっと岩にしがみついた。

「ん……、怖いか、ノア……？」

やはり匂いで分かってしまうのか、ノアの不安に気づいたエルドラドが躊躇って顔を上げようとする。ノアは必死に首を横に振って言った。

「へ……、平気、だから……。続けて……っ」

怖いし恥ずかしいし、そんなことしないでと思わず制止してしまいそうになるけれど、それでもエルドラドがこの先に進むためにそこを慣らそうとしてくれていることは分かる。

ふうふうと、顔を真っ赤にしながらも岩にすがりついてなんとか訴えたノアに、エルドラドはその黄金の瞳を細めて頷いた。

「分かった。……ノア、手を」

「……？」

促されて、片方の手を岩から離す。するとエルドラドが手を伸ばしてそっと握ってきた。

「しばらく抱きしめられないから、代わりに」

「……うん。ありがとう、エルド」

気持ちが嬉しくて、ぎゅっと握り返す。熱いエルドラドの手に、早く彼を受け入れてあげたいと思いながら、ノアは意識して体の力を抜いた。

「……ノア」

気づいたエルドラドが、嬉しそうに目を細めてノアのそこにくちづけてくる。さり、と鱗に覆われた口でくすぐられ、やわらかな舌で丁寧に舐められて、ノアはジン……、と点り始めた熱にふるりと身を震わせた。

「ん、は……」

たっぷりと蜜をたたえた舌が、少しずつ、少しずつ内側に触れてくる。あんなところをエルドラドに舐められていると思うと恥ずかしくてたまらないのに、そう思えば思うほどそこの感覚が鋭敏になってしまう。

狭い入り口を押し開いて進んでくる、なめらかな熱。触れられて初めて、自分の中にこんなにもやわらかな部分があったのだと知る。

今まで意識したこともない、深い部分からじわじわと湧き上がる甘い痺《しび》れ。とろとろと滴り落ちてくる、彼の蜜——……。

「は、あ……っ、ん、んん……」

とろ火で炙《あぶ》られるみたいに徐々に、徐々に膨らんでいく快楽に、ノアが思わず身をよじった、その時だった。

「ん……っ、あ……!?」

ぬるんと潜り込んできたエルドラドの舌が、ノアの性器の裏側を擦る。ぐりゅっとなにかが押し潰されるような感覚が走った途端、カッとそこで花火みたいな熱が弾けて、ノアは戸惑いの声を上げた。

「な、なに……?」

「……ん、ノア、お前の匂いが……」

またノアの快楽を匂いで感じ取ったのだろう。顔を上げたエルドラドが、ノアの腰の辺りに鼻先を押しつけ、艶やかなため息をつく。

「ここが、いいんだな……？　……大丈夫だ、ゆっくりする」

ゆっくり、と自分に言い聞かせるように繰り返したエルドラドが、再び双丘の狭間《はざま》に顔を埋めてくる。指の腹で優しく入り口を押し開いたエルドラドは、そろりと慎重にそこに舌を伸ばしてきた。

「ん……っ、エ、エルド……」

少し怖くて、でもやめてほしくはなくて、ノアがぎゅっと手を握ると、大丈夫だとなだめるように親指で手の甲を撫でられる。潜り込んできた舌先に、とろりとそこに蜜をなすりつけられて、ノアは甘いため息を漏らした。

「ふあ……」

ぬるぬると敏感なその膨らみを優しく舐められ、少しずつそこでの快楽を覚えさせられていく。じわじわと高まっていく熱が焦《じ》れったくて腰を揺らすと、それを待っていたように舌がより強くそこを擦って、ノアは心地よさにきゅうっと後孔をすくませ、身悶《みもだ》えた。

「んん……っ、ふああ……」

次第に大胆に抜き差しされ始めた舌が、ぐちゅぐちゅとそこを掻き混ぜてくる。淫《みだ》らな音が恥ずかしくて、溢れた蜜が内腿を伝い落ちていくのが恥ずかしくて、それなのに、恥ずかしいと思えば思うほど、快感が加速していって。

「や、や……っ、そこ、とけちゃ……っ」

ぐずぐずに蕩かされたそこが溶け崩れてしまいそうなほど熱くて、ノアは必死にエルドラドの手を握りしめた。いつの間にか真っ赤に膨れた性器からはとろとろと蜜が滴り落ちていて、舌の太さに慣れた後孔もきゅうきゅうと奥に引き込むように、もっともっととねだるようにひくついている。

膨れ上がった快楽に、もう立っているのもやっとなノアを見て、エルドラドがゆっくりと舌を引き抜いた。

「んう……っ」

「……ノア」

崩れ落ちそうになったノアを抱き留めたエルドラドが、くったりと力の抜けた体を抱え上げる。

座り込んだ彼の膝に乗せられ、真正面から抱きしめられたノアは、ハ……、と息を荒らげながらも、聞こえてきた鼓動の速さに驚いた。

「エルド、大丈夫？」

「……ああ」

グルル、と喉を鳴らしたエルドラドが、苦しそうに大きく息をつきながら頷く。

「大丈夫、だ……。これくらい、お前がこの腕にいる喜びに比べたら……」

そう言うエルドラドだが、その黄金の瞳は薄闇でも分かるほど欲情に濡れ光っているし、息もどんどん上がってきている。

ウウウ、と獣のような低い唸りを抑えきれなくなりつつある彼に、ノアはそっと手を伸ばした。

「エルド……」

「好きだ、ノア。……お前が好きだ」

ノアの手を摑んだエルドラドが、鼻先を擦りつけながら噛みしめるように言う。

そのまま引き寄せられ、強く抱きしめられて、ノアは頷いた。

「……うん。……嬉しい」

へへ、と照れ笑いを浮かべて、エルドラドを抱きしめ返す。ちゅっと音を立ててくちづけた後、ノアははにかみながらエルドラドを促した。

「もう大丈夫だから、しよ、エルド」

「……っ、だが……」

「大丈夫。エルドがちゃんとしてくれたから、傷ついたりしないよ。……多分、だけど」

自分のそこが濡れて溶けている感覚は恥ずかしかったけれど、でもこれで彼と一つになれるのだと思うと嬉しい。

ちゅ、と鼻先にくちづけて、ノアはエルドラドの体を跨《また》いで膝立ちになった。そそり立つ竜人のそれに手を添えて、ひくひくと震える後孔にあてがう。

「っ、ノア、待て……っ」

「……っ、おっき……っ、う……っ」

くちゅんと、濡れた粘膜に灼熱《しゃくねつ》を感じた途端、エルドラドが慌ててノアをとめようとする。

おろおろと近づいてきた鼻先に、咄嗟にかぷっと噛みつくと、驚いたエルドラドが目を瞠って動きをとめた。その隙にと、ノアは体重をかけて太茎を呑み込んでいく。

「く、う……、あ……！」

「……っ、ノア……！」

大きくて、熱くて、太くて、どこまでも入り込んでくるそれに、すぐに息苦しさが込み上げてくる。

目の前がチカチカと光って、怖くて、足も手も震えっぱなしで、でも、――嬉しくて。

「っ、は……、エルド……」

大好き、と吐息だけで囁いてふにゃりと微笑むと、中途半端に呑み込んだ雄茎がどくりと反応する。びくっと震え上がったノアを抱きしめたエルドラドが、くっと息を詰めて唸った。

「お前は、もう……！」

グルルルッと堪えきれないように喉を鳴らしたエルドラドが、性急にくちづけてくる。

荒々しく貪られ、やわらかな粘膜を余すところなくすべて舐め擦られて、ノアはその逞しい肩に懸命にしがみついた。

「んう……っ、ふ、あ……！　エル、ド……！」

喰らい尽くすようなくちづけに、体の熱がどんどん上がっていって、大きすぎる雄を含んだそこがとろりと蕩けていく。あ、あ、とそのまま崩れ落ちそうになったノアの腰をしっかり摑んだエルドラドが、荒い息をまき散らしながら低く唸った。

「……っ、ゆっくり、な……？」

自身に言い聞かせるように言ったエルドラドが、忙《せわ》しなくノアの唇を舐めながら、少しずつノアの体を引き下げていく。ゆすゆすと腰を揺すり、時間をかけて少しずつ雄刀を納められて、ノアはとろりと瞳を潤ませた。

「ん、んん、は……っ、いっぱ、い……」

「……っ、ああ、あと、少し……！」

「は……、んん……！」

自分の中を、自分以外の熱が埋め尽くしていく。苦しくて、でもその苦しさもエルドラドを受け入れている証《あかし》なのだと思うと、嬉しくて。

「ん、あ、あ……！」

「っ、は……、大丈夫か、ノア……？」

きつく目を眇めたエルドラドが、頬や目元にくちづけてくる。さり、と入り口に鱗が擦れる感触がして、ノアは息を荒く弾ませながら聞いた。

「ぜ……、ぜん、ぶ……？」

「……ああ。ちゃんと、入った」

ハ……、と大きく息をついたエルドラドが、そっとそこに指先を這わせてくる。傷ついていないか念入りに確かめる恋人に、ノアは笑ってしまった。

「大丈夫だって、エルド。……っ、笑うとちょっと、苦し……」

「っ、こっちも、だ……」

笑った拍子にきゅうっと中が狭まったのだろう。息を詰めたエルドラドが呻く。

ごめんごめんと謝って、ノアはエルドラドの逞しい首に抱きつき、ハア、と息をついた。

「ちょっと、無茶したかな……」

「……ちょっとじゃない」

「ごめんって。……でも、嬉しい」

はふ、と額を彼の胸元に預けて微笑むと、さらりとノアの髪を梳《す》いたエルドラドが呟く。

「俺もだ……」

長い腕でノアをすっぽり包み込んだエルドラドが、すりすりと顔をすり寄せてくる。サラサラした鱗の心地よさにうっとりとしかけたノアだったが、だんだんとその鱗が熱くなっていくのに気づいた。

「エルド、つらい……？　いいよ、動いて」

「……っ、しか、し……」

「もしかして、動けない？　オレが動いた方がいい？」

オラーン・サランの発情で動くのもつらいのだろうかと、慌てて彼の胸元に手をつき、膝に力を入れて動こうとする。けれど少し身じろぎしただけで、薄れかけていた息苦しさがまた込み上げてきて、ノアは身を強ばらせてしまった。

「う、く……っ」

「っ、無理を、するな……っ」

ぎゅっとノアを抱きしめたエルドラドが、尾も前に回してノアの腰を包む。しがみつくようにしてノアの動きを封じ込めたエルドラドは、黄金の瞳をきつく閉じ、ハッ、ハ……ッと息を荒らげていて、ノアはその大きな口から覗く牙に幾度もくちづけを繰り返した。

「エルド……、オレのことはいいから、好きに……」

「……駄目、だ……っ」

「……エルド」

「駄目だ……！　俺は……、俺はお前を、傷つけたくない……！」

ぎゅうう、とノアを抱きすくめながら、エルドラドが叫ぶ。ウウウ、ウウ、と唸りながらも、身の内に渦巻く獣を必死に抑え込もうとしている恋人に、ノアはそっと促した。

「エルド、オレの匂い嗅いで、深呼吸して」

「……っ、なにを……」

「いいから、ほら」

　拘束の中、よいしょとできる限り腕を伸ばして、ぽんぽんと彼の腕を叩いてなだめる。すう、と自分の匂いを嗅ぐエルドラドの呼吸が少し落ち着いたのを見計らって、ノアはそっと声をかけた。

「大丈夫だよ、エルド。オレ、ちゃんとエルドの全部、受け入れられただろう?」

「……ノア」

「エルドがちょっと暴走しても、オレは傷ついたりしない」

　自分の想いの強さは、匂いでちゃんと彼に伝わっているはずだ。ね、と笑いかけたノアに、エルドラドが低く唸る。

「ノア……っ、く……!」

「ん、は……っ、あ、あ、あ!」

　きつく抱きしめられたまま下からぐんっと突き上げられて、ノアはエルドラドにしがみついた。揺さぶられる度、目の前の深紅の鱗がザアッ、ザアッと風に揺れる波のように煌めく。

「ノア……、ノア、すまない……!」

「い、から……っ、ああ、んん、ん!」

　グルル、と唸りながらも、懸命に堪えようとしているエルドラドに、自分からくちづける。自分も彼が欲しいのだと、もうとっくに全部預けているのだと教えたくて、ノアはエルドラドの舌に自分のそれを絡ませた。大きさがまるで違っていて難しかったけれど、それでも唯一知っている彼のやり方を真似て肉厚な舌を舐め上げ、唇を合わせたまま囁く。

「……ん、オレもちゃんと、気持ちいい、よ」

　その言葉に嘘はなく、熱塊がやわらかな襞を擦り立てる度、目も眩《くら》むような快美感が指先まで駆け抜けている。挿入された直後には勢いを失っていたノ

アの花茎が張りつめ、とぷりと透明な蜜を零しているのを見て、エルドラドが全身の鱗をザアッと艶めかせた。

「……っ、ノア……！」

「あ……！　あっんんんっ、は……っ、エルド、エル……っ」

ノアの性器を片手で包み込んだエルドラドが、強《きょう》靭《じん》な尾でノアの腿を持ち上げ、ぐちゅんっと奥まで腰を押し込んでくる。ノアの舌を押し返すようにして、小さな口いっぱいに舌を潜り込ませたエルドラドは、そのまま太杭を強く打ちつけてきた。

理性をかなぐりすてた獣の充溢《じゅういつ》に性器の裏側の膨らみを、とろんと蕩けた蜜路を、開かれたばかりの最奥を容赦なく擦り立てられて、全身が熱く熱く燃え上がる。

圧倒的な快楽に押し潰され、もうわけが分からないくらい悦《い》いのに、大きな波が次々に押し寄せてきて、これ以上ないと思った先に抗《あらが》う間もなく連れ去られて。

「は、ああっ、あ、あ……！」

「俺の、ものだ……っ、俺の……！」

グルルルルッと喉奥で低く唸り声を上げながら、エルドラドがノアを掻き抱く。触れていないところがあるなど許さないとばかりにどこもかしこも愛され、隅々まで彼の感触と快楽を覚えさせられて、ノアは自分の体がエルドラドのものに塗り替えられていく喜びに溺れた。

「エルド……っ、んんん……！　エルド……！」

身動きできないくらい強く抱きしめられ、奥の奥まで貪られてももう、嬉しいとしか思えない。まだ足りない、もっと寄越せと言わんばかりに自分を欲しがって荒れ狂う獣が愛おしくて、可愛くて。

黄金の瞳に獰猛な光を湛えたエルドラドが、しっかりと抱え込んだノアに幾度もくちづけながら唸り声を上げる。

「愛している、ノア……！　俺はもう……、もう、お前なしでは生きられない……！」

「ん、んん……っ、オレ、も……、オレも、大好き、だよ……っ」

激しい律動に声を揺らしながら、ノアは必死にエルドラドにしがみついた。

いっぱいに押し開かれた後孔はもうぐちゃぐちゃで、異形《いぎょう》の雄に突き上げられる度、大量に注がれた愛蜜がまるで精液のように白く泡立ち、滴り落ちていく。ああ、ああ、と啼《な》き喘ぐ端からくちづけられ、淫らな声もなにもかも全部食べられて、快楽が際限なく膨れ上がっていって。

「も……っ、も、出ちゃ……っ、いっちゃう……！」

「っ、ノア……！」

「あぁあああ……！」

逃がさないとばかりに掻き抱かれ、深々と刺し貫かれて、ノアはエルドラドの手の中で花茎を弾けさせた。低く呻いたエルドラドが一拍遅れてそれに続き、ノアの奥底に熱情を注ぎ込む。

みっちりと隙間なく満たされた隘路《あいろ》に放たれた精液は、ぐじゅるるる、と卑猥《ひわい》な音を立ててやわらかな粘膜を濡らし尽くした。

「は……」

ぶるり、と全身を震わせたエルドラドが、その鱗を一際強く輝かせる。まるで虹のように艶めく深い、深い赤の鱗に、ノアは息も忘れて見入った。

(……綺麗)

どくっ、どくっと体の奥でエルドラドが脈打つ度、彼の鱗がキラキラと星のように煌めく。彼が深い快楽を感じている証なのだと思うと嬉しくて、愛おしくて、ノアはまた少量の蜜を放っていた。

ノアの絶頂の匂いに低い唸り声を響かせたエルドラドが、ゆっくりと腰をうねらせる。ひくつく蜜路を堪能するように、自分のものだと所有印を刻み込むように、たっぷり注ぎ込んだ精液を隅々まで塗りつけて、エルドラドはようやくハア……、と熱いため息をついた。

「……ノア」

「ん……」

光を浮かべた黄金の瞳が、ノアを見つめてくる。

囁かれる愛の言葉に、ノアはオレも、と笑ってくちづけを返した――……。


翌日、洞窟から村に戻ったノアとエルドラドを出迎えたのは、見たこともないほど渋い顔をしたラジャだった。

「その様子だと、やっぱりもしかしなくてももしかしたんだな……」

どうやらラジャはエルドラドから、運命の対のことや、ノアに対してオラーン・サランの発情が起きそうだということを聞いていたらしい。

昨夜の行為の影響でろくに立てず、エルドラドの片腕に腰掛けるように抱えられて運ばれてきたノアを見れば、二人が収まるところに収まったことは明白だったのだろう。帰ってきた二人を部屋に通したラジャは、天を仰いで言った。

「エルドラドが、ノアに対してオラーン・サランの発情が起きそうだからここを出ていくって言い出した時から、もしかしたらとは思っていたけど……」

「知ってたんなら、教えてくれればよかったのに」

いくら聞いてもエルドラドの居場所も、いなくなった理由も教えてくれなかったではないか。むくれたノアに、言えるわけがないだろうと呻いて、兄ははあああ、と重いため息をついた。

「確かにノアは昔から他の子とは少し違う、変わった子だったけど……。それにしたって、まさか竜人の伴侶になるなんて……」

「あら、いいじゃない。種族を超えて結ばれるなんて、ロマンチックだわ」

床にめり込みそうなほど苦悩している兄とは反対にウキウキと嬉しそうに言うのは、大きなおなかを抱えてその隣に座った義姉のミランだった。

「おめでとう、ノア。それからエルドラドも。二人とも、これからも仲良くね」

「義姉さん……。うん、ありがとう」

両思いになってすぐ一夜を共にしたと知られてちょっと気恥ずかしかったけれど、それでも祝福してもらえて素直に嬉しい。にこにことミランと笑い合うノアを見て、兄が唸る。

「けどノア、運命の対になるってことは、エルドラドと一生を共にするってことだぞ。竜人は一度運命の対を決めたら、なにがあっても絶対に心変わりしない。今はお前も彼に丸め込まれて、好きだと思っているのかもしれないが……」

「丸め込むとはなんだ、丸め込むとは」

ノアの隣に座ったエルドラドが、バシンと床に尾を打ちつけて唸る。

「ノアは真実、俺を愛してくれているんだ。お前が認めようが認めまいが、どうでも……」

「……エルドラド」

バシバシと床を尾で叩きながら言うエルドラドを遮ったのは、意外なことにミランだった。にっこり笑いながら、優しい声で言う。

「床が抜けたら困るんだけど?」

「……悪かった」

その一言で、エルドラドにもこの場で一番怒らせてはいけないのが誰か、瞬時に分かったらしい。神妙な顔で謝り、ノアの腰にくるりと尾を巻き付けてくる。

いつになく殊勝な恋人に苦笑して、ノアはラジャに向き直った。

「心配してくれてありがとう、兄さん。でも大丈夫。オレ、この先ずっとエルドのこと好きだって自信があるから」

「……ノア」

嬉しそうに目を細めたエルドラドが、肩を抱き寄せてくる。サラリとした鱗に覆われた大きなその手に手を重ねて、ノアは笑った。

「エルドが心変わりしないから一緒にいるんじゃない。オレが一緒にいたいから、そうするんだよ。兄さんと義姉さんと、おんなじ」

人間同士ではないけれど、男と女ではないけれど、誰かを大切に想う心は自分も、そしてエルドラドも同じだ。

そう言ったノアに、ラジャが呻く。

「分かった……。だが、これ以上洞窟暮らしをするのはやめなさい。もうすぐ冬だし、なにかあった時に二人だけじゃ、どうしようもないこともあるだろう。どこか空き家を見繕うから、そこに……」

「あら、それならいっそ、結婚しちゃったら？」

あっけらかんと言ったミランに、ノアとエルドラドは思わず顔を見合わせた。

——結婚。

ミランの提案に、ラジャが慌てて声を上げる。

「ミラン、なにを言い出すんだ。俺はエルドラドに近くに住めと言うつもりなんであって、結婚までは……」

「ノアが可愛いのは分かるけど、いつまでも手元に置いておこうとするのは勝手すぎるわよ、ラジャ」

ぴしゃりと夫をやりこめて、ミランがにっこり笑いかけてくる。

「どう？　もちろん二人の気持ち次第だと思うけど、

でもあなたたち、もう一生一緒って誓ってるんでしょ？　それならきちんと式を挙げるのもいいんじゃない？」

「し……、式って……。でも、オレたちは男同士だし……」

　同性愛が差別されているわけではないし、同性同士の夫婦がいないわけではないが、ごく少数だ。結婚式まで挙げる人はとても珍しい。

　戸惑ったノアだったが、その時、エルドラドがノアに向き直る。美しい黄金の瞳でじっとノアを見つめて、エルドラドはきっぱりと言った。

「……俺はお前と結婚したい」

「エルド……」

「俺と結婚してくれ、ノア。俺はお前と生涯を共にしたい。……家族に、なりたい」

「……家族」

　その一言に、ノアは茫然とエルドラドを見つめ返した。

　ずっと、自分の家族が欲しかった。

　自分を育ててくれたユーゼフとラジャももちろん大切な家族だけれど、でもユーゼフはもうこの世にいないし、ラジャにはラジャの家族がいる。ミランと仲睦まじく過ごす兄のように、自分もいつか誰かと家族を作れたらと思っていた。

　その家族にエルドラドが、最愛の竜人が、なってくれると言う――。

「……っ、ノア」

　ぽろぽろと、声もなく泣き出したノアに、エルドラドがうろたえた声を上げる。

　抱きしめようと上げた腕を宙に浮かせて躊躇《ちゅうちょ》する竜人に、ノアは笑いかけた。

「……うん、なる。エルドと家族になる」

「ノア……」

「結婚しよう。……ううん、して下さい、エルド」

へへへ、と笑って涙を拭い、自分からエルドラドの胸元に飛び込む。ぎゅっと抱きしめたエルドラドは、穏やかに燃えるたき火のようにあたたかな匂いがした。

そのままぐりぐりとエルドラドの胸元に頭を擦りつけるノアを、エルドラドがきつく抱きしめる。

「……一生幸せにする」

「うん！」

微笑み合う二人を前に、ラジャが急展開に茫然とする。その隣で、決まりね、とミランが嬉しそうに手を合わせた──。

──それからの日々は、慌ただしく過ぎていった。

急ぐ話ではないし、身内でささやかな式を挙げられたらそれで十分だと思っていたノアだったが、意外にもエルドラドがそれに反対したのだ。

『お前はこの村の皆に愛されて育った。そのお前をもらい受ける以上、俺はお前の晴れ姿を村中の者に見せなければならない』

そう言うエルドラドにはどうやら、これまでノアを育ててくれたすべての村人にきちんと挨拶をしたいという思いもあったらしい。自分の親代わりでもある皆のことを大切に思ってくれるその気持ちが嬉しくて、ノアは村中のすべての人に招待状を送ることにした。

式が三ヶ月後となったのは、あれからすぐに産気づき、元気な女の子を出産したミランの希望だ。ラァと名付けたその子の首が据わる頃なら一緒に参列できるからと言ったミランは、ノアのために村の伝統衣装を仕立ててくれた。

『エルドラドがね、ノアにこの衣装を着せたいって直談判《じかだんぱん》に来たのよ』

仮縫いの時に、ミランはそうこっそり教えてくれた。本来この衣装は、母親が子のためにだけ何年もかけて用意するものだ。特別な祝いの時にだけ着るこの衣装を、当然ながらノアは持っていなかった。

ラジャが祖父から受け継いだ衣装はノアにはサイズが合わないし、彼は村長として今後も着る機会があるため、仕立て直すわけにもいかない。だからノアは当初、婚礼衣装は手持ちのもので間に合わせるつもりだった。

しかし、本当は村の伝統衣装を着て、村の皆に今までのお礼を言いたい、皆のおかげでこの日を迎えられました、今までありがとうございましたときちんと伝えたいというその気持ちを、エルドラドは察してくれていたらしい。

（そういえば、エルドの衣装は当日のお楽しみって言われたけど……）

ミランが村の女性たちと一緒に仕立て上げてくれた色鮮やかな刺繍《ししゅう》が施された袖に手を通し、黄金の装飾品を身につけながら、ノアは首を傾げた。

——慌ただしかった準備期間はあっという間に過ぎ去り、今日はもう結婚式当日だ。

この三ヶ月間、衣装合わせの時もエルドラドはノアの衣装は見に来るくせに、自分の衣装は頑なに見せてくれなかった。なんでも、ミランからノアの衣装を仕立てる交換条件として、それを着るよう言われたらしい。

エルドラドはかなり渋っており、別に見る必要はないとノアに衣装を見せてくれなかったのだ。それを知ったミランも、なら当日のお楽しみねと、笑って詳細を教えてくれなかった。

（エルドはどんな衣装なんだろ。やっぱり竜人族の

伝統衣装とかなのかなあ）

どんな衣装でもきっと格好いいんだろうけど、と頬をゆるめるノアに、ミランが声をかけてくる。

「ノア、ちょっと目を閉じて」

ん、と目を閉じたノアの目尻に、ミランがちょんちょんと指先で紅をつけていく。唇も紅で飾って、ミランは満足気に頷いた。

「うん、上出来。可愛くできたわよ、ノア」

「ありがとう、義姉さん」

可愛くという言葉にちょっと苦笑しながらも、お礼を言う。

「この衣装も、三ヶ月でこんなに立派なもの、しかもララァのお世話もしながらなんて、大変だったでしょ？　本当にありがとう」

「ノアがララァのこと見ててくれたから、そうでもなかったわよ。なにより、可愛い可愛い義弟のためですもの」

一肌も二肌も脱いじゃうわよ、と笑ったミランが、ララァを抱き上げる。

「ほら、ララァ。ノアお兄ちゃん、素敵でしょ」

自慢気に言ったミランが、ララァに頬擦りをする。キャッキャッと嬉しそうに笑い声を上げるララァに、ノアは自然と顔をほころばせていた。

「ララァ、よく笑うようになったね」

「周りにいいお手本がいっぱいいるからねえ」

もちろん筆頭はノアよ、と笑ったミランが、ぽんぽんとノアの肩を叩いて促す。

「さ、そろそろ行かないと。エルドラドがお待ちかねよ」

「うん……！」

新居を出ると、婚礼衣装を仕立ててくれた村の女性陣が迎えに来てくれていた。おめでとうと口々に祝ってくれる彼女たちにお礼を言いながら、村の中心にある広場へと向かう。

色とりどりの旗や花々で飾り付けられた広場は、村中の者が集まり、賑《にぎ》わっていた。広場の奥には果物や花、料理がところ狭しと並べられた大きな祭壇が設《しつら》えられ、その前には——。

「え……、……っ、まさか……」

啞然《あぜん》としたノアの隣で、ララァを抱いたミランがにんまりと笑う。

「一肌も二肌もって言ったでしょ？」

——祭壇の前に立っていたのは、燃えるような赤い髪をした精悍《せいかん》な若者だった。

年の頃は二十四、五歳くらいだろうか。集まった村人たちよりも頭一つ分飛び抜けて背が高く、屈強な体軀をしている。その身のこなしにはまったく隙がなく、がっしりした体格と相まって堂々とした雰囲気の持ち主だった。

高い鼻、不満そうな色を浮かべる唇。鋭気に満ちた黄金の瞳、細い瞳孔——……。

「……エルド？」

まさか彼はエルドラドなのか。どうして人間の姿にと驚いて茫然とするノアだったが、エルドラドはこちらに気づくとゆっくり歩み寄ってくる。

「ミランに、ノアの衣装を仕立てる代わりに、俺もこの姿で、同じ衣装を着ろと言われてな」

ノアと同じく豪奢《ごうしゃ》な刺繡が施されたこの村の伝統衣装を身にまとったエルドラドは、黄金の装飾品をシャラリと鳴らして顔をしかめた。

「しかし、これは窮屈すぎやしないか……？」

襟元に手をやり、ぐいぐいと広げようとするエルドラドを見上げて、ミランが膨れる。

「ちょっと。折角男前に仕上げたんだから、せめて式の間はちゃんと着て。約束でしょ、エルドラド」

「……分かっている」

不満をありありと顔に浮かべながらも頷いたエルドラドに、ノアはようやく我に返って聞いた。

「……エルド、人間姿にもなれるんだ？」

「ああ、一応な。竜人族は滅多に人間の姿にはならないんだが、衣装合わせの時にうっかりこの姿になってみせたら、ミランが式はこっちの姿でと譲らなくてな……」

どうやら相当ゴリ押しされたらしい。うんざりとため息をつくエルドラドがおかしくて、ノアはくすくす笑ってしまった。

笑みを零すノアを見つめて、エルドラドがふっと表情をゆるませる。

「……それに、今日は村の者たちが一堂に会するからな。皆に俺のこの姿も知っておいてもらう、いい機会だと思ったんだ」

エルドラドがそう考えたのは、これからこの村で暮らしていくことを見据えているからだろう。彼が自分と共に生きていくことを決意してくれているのだと、改めてそう実感して嬉しさに言葉を詰まらせたノアの肩を、ミランがぽんと叩く。

「さ、二人とも、皆に挨拶してらっしゃい」

「義姉さん……。うん。本当にありがとう」

二人の衣装は細部まで丁寧に刺繍が施されており、とてもこの短期間で仕立てたとは思えない仕上がりだ。いくら村の女性たちにも手伝ってもらったとはいえ、相当大変だっただろう。

結婚の後押しをしてくれただけでなく、こんなに立派な衣装まで仕立ててくれたミランには、感謝してもしきれない。

「大好き、義姉さん！」

喜びが堪えきれず、ぎゅっと抱きついたノアに、ミランが笑う。

「あらあら、役得。……ふふ、そんな顔しないの、エルドラド。男前が台無しよ」

嫉妬と感謝がないまぜになった仏頂面の竜人をからかったミランが、そっとノアをエルドラドの方へと送り出す。

「幸せになりなさい、ノア。エルドラド、うちの子をよろしくね」

「……ああ」

「ありがと、義姉さん！」

頷くエルドラドに手を取られたノアは、もう一度ミランにお礼を言うと、パッと顔を輝かせて伴侶となる彼を見上げた。

「……行こ、エルド！」

「ああ。こっちだ」

パッと空高くへと投げられた白い花びらが、ひらひらと二人の頭上に降り注ぐ。

祭壇へと続く道の両側に並んだ村の皆から口々におめでとうと祝われて、ノアは照れ笑いを浮かべつつも声を弾ませた。

「皆、ありがとう！」

ノア、と微笑んだエルドラドが、ノアに手を差し伸べてくる。いつもと違う、同じ人間の手にドキドキしながら、ノアはその手を取った。

黄金の瞳をやわらかく細めたエルドラドが、ノアをじっと見つめながら言う。

「……化粧もしているんだな。綺麗だ」

「へへ、ありがとう。エルドも衣装、すごく似合ってる」

体格がいい彼に合わせて誂《あつら》えられた衣装は、ノアのものよりも刺繍がシンプルですっきりとしており、男らしさが引き立って見える。格好いい、と褒めるノアに、しかしエルドラドはうんざりしたようにぼやいた。

「そもそも俺は、お前がこの衣装を着ているのを見られれば、それでよかったんだ。ミランにも、もう一着仕立てるなんて大変だろうからいいと言ったのに、どうせ赤ん坊の夜泣きで眠れないからと、すごい勢いで刺繍していてな……」

「あはは、義姉さん、村で一番刺繍が上手《じょうず》だから」

お喋りをしつつ、祝福してくれる村人たちにありがとうとお礼を言って、二人は祭壇の前まで辿り着いた。様々な果物や花で飾られた祭壇を前に、手を取り合って向かい合う。

同じ花婿の衣装に身を包んだエルドラドは、いつもの姿とは違っていたけれど、それでもやはりノアの好きな竜人の彼だった。

エルドラドが、自分の首に巻いていた青い薄布を取る。ルガトゥルと呼ばれるその薄布は、この地方では花嫁が刺繍を入れ、結婚式で花婿に贈るという習慣がある。二人はこの日のために互いに布を選び、刺繍を入れて用意していた。

ノアの腕に青いルガトゥルを結んだエルドラドが、じっとノアを見つめながら告げる。

「愛している、ノア。この先なにがあろうと俺はお前を助け、生涯かけてお前一人を愛し抜くと誓う。お前がいるからこそ、俺は俺でいられる。お前こそ俺の運命、……魂の番だ。俺の愛は、お前のものだ」

反対の腕に結んでいた白いルガトゥルを解いて、ノアはそれをエルドラドの首に巻いた。金色に煌めく瞳を見つめ返して、誓う。

「オレも、あなたをずっと、一生愛します。オレの愛も、エルドラドのものだよ」

身を屈めた彼に合わせてつま先で立って、いつもと違うくちづけを受け入れる。やわらかく重なった唇を解いて、ノアは照れ笑いを浮かべた。

「……これからもよろしくね、エルド」

「ああ。……俺こそ」

手を繋いで並ぶ二人に、参列者が一人ずつ、次々に声をかけにくる。

「おめでとう、ノア。エルドラド、ノアを幸せにしてやってくれ」

「泣かせたりしたら承知しないからな」

ぽん、ぽん、と二人の肩や腕に触れながら祝福の言葉をかけるのは、結婚式におけるこの村の伝統だ。二人の門出を祝うと共に、幸せを皆で共有するという意味が込められている。ありがとう、と一人一人に感謝を伝えていたノアだったが、次第に下腹部に重苦しさを感じ始めた。

（あれ……、なんかちょっと体調悪い、かな……？）

痛みというほどではないが、なんだか体が少し重い気がする。だが今は大事な結婚式の最中だ。きっと気のせいだろうと、意識の外に追いやる。

しかし隣に立つエルドラドは、いち早くノアの不調に気づいたらしい。

「……ノア、もしかして具合が悪いんじゃないか？」

人が途切れたところを見計らい、そっと声をかけてきたエルドラドに、ノアは笑って話題を変えた。

「そんなことないよ。平気、平気。それよりエルドが言ってた友達、来てないみたいだね」

一族との関わりを絶っているエルドラドだが、一人だけ定期的に連絡を取っている友人がいるらしく、彼にだけは結婚式を挙げることを知らせたと言っていた。それらしい姿が見あたらず、手紙が間に合わなかったのかなと思ったノアだったが、エルドラドはあっさりと話を元に戻す。

「一応医者だからな。忙しいんだろう。そんなことより、今はお前のことだ」

心配そうに目を眇めたエルドラドが、ノアの髪に鼻先を埋め、すんすんと匂いを確かめてくる。どうやらじゃれ合っていると思われたらしく、くすくすと周囲に笑われてしまって、ノアは真っ赤になってエルドラドを制した。

「ちょ……っ、エルド、皆が見てるから」

「いつもと違う匂いがする……。やはり、休んだ方が……」

恥ずかしがるノアに構わずそう言ったエルドラド

が、きつく眉を寄せた、その時だった。

「お、なんとか間に合ったみたいだな！」

バサバサッと鳥よりも大きな飛翔《ひしょう》の音と共に、空から一人の竜人が舞い降りてくる。エルドラドとはまた違う、鮮やかな黄色の鱗の竜人の登場に、周囲の村人たちがどよめいた。

翼をしまいつつ地面に降り立った彼に、エルドラドが珍しく声を弾ませる。

「キース！　来てくれたか！」

「そりゃ、幼なじみが結婚なんてめでたいこと、祝わずにいられないだろ。おっ、この子がエルの嫁さんか？　ん？　男でも嫁さんでいいのか？」

首を傾げるキースに、ノアは笑いながら自己紹介した。

「嫁でもなんでもいいです。初めまして、オレはノアです」

「おお、ノアちゃんか！　オレはキース！　よろしくな！」

手を差し出したノアにニカッと笑って、キースが両手でノアの手を握ろうとする。と、それよりも早く、背後に立ったエルドラドがスッとノアの手を片手で覆い、代わりに自分の手を差し出した。

「おおお？　なんだなんだ、エル、そんなにオレと握手したかったのか？」

目を瞠ったキースが、ぎゅうっとエルドラドの手を握る。ノアを抱え込んだエルドラドが、眉を寄せて唸った。

「違う。お前の馬鹿力で握られたら、ノアの小さな手が潰れるだろう」

「はは、なんだ惚気《のろけ》か！」

いいぞいいぞと笑ったキースが、握ったエルドラドの手をぶんぶんと振る。あ、この人いい人だ、と確信して、ノアはにこにことキースに尋ねた。

「キースさんはエルドの幼なじみなんですか？」

さっきそんなことを言っていたと思い返して聞くと、キースが呼び捨てでいいぞと頷く。

「ああ、オレたちは従兄弟同士でな。エルの母親は、オレの母の姉に当たるんだ。エルとは赤ん坊の頃から一緒に育ったから、ほとんど兄弟みたいなもんだな！」

「へえ、従兄弟同士でも鱗の色って違うんだ」

確か竜人は部族ごとに分かれて暮らしているという話だったから、なんとなく同じ部族は鱗の色も同じなのかと思っていた。ちょっと意外だと思ったノアに、エルドラドが頷く。

「親子は似た色が多いが、両親が別々の色だと兄弟で違うことも珍しくない。俺は父親が赤い鱗だったんだ」

「オレは母親譲りだな」

そう言ったキースが、腕組みをしてエルドラドをからかう。

「しかし今回は本当に驚いた。十五年間、たまに寄越す手紙にも『元気だ』の一言しかなかった薄情者が、ようやく居場所を知らせてきたと思ったら、竜人の姿に戻った、運命の対を見つけたから結婚する、相手は人間の男だって言うんだからな」

「……エルド？」

彼とは定期的に連絡を取っていたのではなかったのか。思っていたのと話が違うとエルドラドを仰ぎ見たノアだったが、エルドラドは素知らぬ顔で開き直る。

「キースに居場所なんて知らせたら、すぐに押し掛けてきてうるさくてかなわないからな。こいつは昔からお喋りなんだ」

「だからって十五年間、どこにいるかまるで知らせないってのはどうなんだよ。こっちがどれだけ心配したと思ってるんだ」

怒りつつも、再会が嬉しくて仕方ないのだろう。

ウキウキと尾を揺らして、キースが笑う。

「ま、元気そうで安心したよ。その姿になってるってことは、元の姿に戻れたんだな。これもノアちゃんのおかげだ、ありがとうな。二人とも、本当におめでとう」

「ありがとう、キース。オレも、エルドの友達に会えて嬉しいよ」

幼なじみがいきなり人間の、しかも男と結婚すると連絡を寄越して相当驚いただろうに、こうして祝福してくれて感謝しかない。お礼を言ったノアに、キースがからりと笑う。

「ノアちゃんがいい子そうで本当によかった。ま、この偏屈で頑固でムッツリなエルが運命の対とまで惚《ほ》れ込むんだから、相当ないい子なんだろうとは思ったけどな」

「……ムッツリは余計だろう」

「おっ、ってことは、偏屈で頑固なのは認めるのか？」

笑って混ぜ返したキースに、エルドラドが唸る。

「かつての俺はそうだった、……かもしれない」

渋々ながらも過ちを認めたエルドラドに、キースがぽかんとする。エルドラドがおい、と怪訝そうに声をかけると、キースがしみじみと呟いた。

「あのエルが、自分の非を認める日が来るなんて……。いやもう本当、ノアちゃんすごいな」

「はは、オレは別になにも……、っ」

なにもしていないと、そう言おうとしたノアだったが、そこで下腹部に強い痛みが走る。思わず息を呑んでおなかを押さえたノアを見て、エルドラドがすぐに顔つきを変えた。

「大丈夫か、ノア。キース、ノアを診てくれ。実はさっきから体調が悪そうなんだ」

「だ、大丈夫だよ、エルド。ちょっとおなか痛いだけで……」

確かキースは医者だという話だったが、いきなり人間を診てくれなんて言われても彼も困るだろうし、第一今は大切な結婚式の最中だ。多少の腹痛くらいで中断したくない。

そう思ったノアだったが、下腹部の痛みはどんどん重苦しさを増してきて、立ちくらみのような目眩まで感じ始める。

「う……」

「ノア！」

ノアが呻いてよろめいた途端、エルドラドがその姿を竜人のものに変化させる。

サアッと、赤い花びらに覆われるようにして現れた深紅の竜人に抱え上げられ、ノアはその太く逞しい腕にすがりついた。

「ごめ……、エルド……」

「いいから目を閉じていろ」

唸ったエルドラドに、ラジャが駆け寄ってくる。

「ノア！　エルドラド、ノアをこっちに！」

「ああ。頼む、キース」

「分かった！　すまないが、皆どいてくれ！」

騒然とする周囲を下がらせたキースに、エルドラドが続く。

エルドラドにぎゅっとしがみついたノアの衣から、白い花びらがひとひら、ふわりと宙に舞い踊った。

告げられた一言が理解できなくて、ノアは聞き返した。

「あの、キース、今なんて？」

「いや、だからな」

寝台の上で身を起こしたノアの横に立ったキースが、オレだって信じられないけど、と前置きして再度言う。

「妊娠してるんだよ、ノアちゃん」

「…………なんで？」

訳が分からず首を傾げたノア同様、エルドラドも容易には信じられなかったらしい。きつく目を眇めて唸る。

「なにを言い出すかと思えば……、キース、ノアは男だぞ」

「そうなんだけど、でも妊娠してるんだって！　本当に！」

オレだって信じられないけど！　とキースが繰り返す。困り果てた様子の彼を前に、ノアは茫然としてしまった。

結婚式の途中で体調を崩したノアは、エルドラドに抱えられてすぐ近くの二人の新居に戻ってきた。村人たちも協力してくれて改装された家は、エルドラドの体格に合わせてドアや家具などが大きく作られており、寝台も広々としている。

その広い寝台に寝かされて、安静にしているうちに気分もよくなってきたノアだったが、ノアを診察するキースは反対にどんどん難しい顔つきになっていった。これは、とか、嘘だろ、と呟く彼に、もしかしたらよほど重病なのかもしれないと覚悟していたというのに。

（……妊娠？　……オレが？）

もちろんキースだって、ノアが男であることはちゃんと分かっているはずだ。その上で妊娠という診断を下したのには、本当に確信があってのことに違いない。

（でも、だって……、…………なんで？）

何度考えても、やっぱり訳が分からない。

同じような心境なのだろう。エルドラドがキースに呆れたような目を向けて言う。

「お前の腕はそこそこ認めていたんだが、残念だ。まさか少し会わない間に、こんなヤブになっていたとは……」

「ヤブじゃないって！　親友を信じろよ！」

「親友？　誰がだ。お前とはただ腐れ縁なだけだ」

「酷《ひで》え！」

冷たく切って捨てたエルドラドに、キースが悲鳴を上げる。二人のやりとりがどこか遠いもののように思えて、ぼうっとしていたノアだったが、そこでエルドラドがそっとノアのそばに膝をつき、手を取って言う。

「ノア、大丈夫だ。すぐに別の医者を呼ぶからな。ラジャ、この村に医者は……、おい、ラジャ？」

エルドラドが声をかけた兄は、ノアを挟んだ反対側で茫然と立ち尽くしていた。

「ノアが……。ノアが、妊娠……？」

「しっかりしろ、ラジャ。いくらなんでもそんなわけないだろう。ノアは男なんだから」

ため息をついたエルドラドの言葉に、ラジャがハッと我に返る。

「そ……、そうだよな。いくらエルドラドが竜人だからって、男同士で妊娠するわけが……」

「……あ！」

と、そこでラジャの言葉をキースが遮る。唐突に声を上げたキースに、エルドラドが唸った。

「なんだ、騒がしい」

「い……、いや、今ラジャが言ったので思い出したんだけど、そういえば過去に竜人の男同士で妊娠した例があったな、と……」

キースがそう言った途端、エルドラドが勢いよく立ち上がり、キースに摑みかかる。

「なんだと……！　どういうことだ、早く言え！」

「エ、エルド、落ち着いて」

エルドラドのあまりの勢いに、ノアは思わず腕を伸ばして彼を押しとどめようとした。しかし、急に動いたせいで下腹部に負荷がかかってしまう。

「う……」

「ノア！」

呻いたノアに、エルドラドが慌ててキースを放り出してそばに戻ってくる。赤い鱗に覆われているはずなのに青い顔をしていると一目で分かる竜人に、ノアは思わず笑ってしまった。

「エルド慌てすぎ……、っ、痛てて」

「無理をするな……！　横になるか？」

「ううん、大丈夫。ちょっと痛かっただけ」

首を横に振るノアに、エルドラドが本当かと念押ししてくる。本当本当と笑うノアに、それでも心配そうな顔をしているエルドラドを見て、キースがため息混じりに告げた。

「落ち着けって、エル。今までの一族の症例を集めた書物の中に、そういう記述があったのを思い出したんだよ。並外れた強い力を持つ竜人の男同士の間に、子供が生まれた例があるってのをな」

「男同士で？　本当に？」

なにかの間違いではないのかと驚きつつ聞いたノアに、キースが腕を組んで言う。

「オレも気になって調べたことがあるけど、どうやら本当に起こったことらしいんだ。けどその二人は、どちらも一族の中で飛び抜けて力の強い竜人だった。だから通常の妊娠とはちょっと違ってて、二人の力の結晶として子供ができたって感じらしい」

「力の結晶……」

ノアが繰り返すと、キースが記憶を辿りながら頷く。

「ああ。……確かにエルほどの力の持ち主なら、あり得ない話じゃないとは思う。けどそれは相手も同じくらい強い力の持ち主で、かつ力の相性もいい場合に限った話だ。でも見たところ、ノアちゃんは普通の人間だしなあ。あ、それとも実は方術使いの血を引いてるとか？　そういえばノアちゃん、この村の人間とはちょっと見た目が違うけど……」

「あ……、オレ、生まれは隣村なんだ。流行り病で村が全滅して、この村に引き取られて……。でも、元の村が方術使いの一族だったとか、そういう話は聞いてないなあ」

自分の生まれた村の事が知りたくて、物心ついてからこの村の人たちにあれこれ聞いて回ったことがあるけれど、誰もそんな話はしていなかった。

ノアは首を傾げつつ、ラジャの方を振り向く。

「兄さん、おじいちゃんからなにか……」

生前のユーゼフからなにか聞いていないか。そう聞こうとしたノアだったが、ラジャの強ばった表情に驚いてしまう。

「兄さん？　どうしたの？」

「…………」

「ラジャ？」

エルドラドからも声をかけられたラジャが、ようやく重い口を開く。

「……実は、お前に伝えていないことがある。今日、式の後で改めて話そうと思っていたんだ。エルドラドにも聞いてほしい話だったからな」

硬い声で切り出したラジャに、ノアは思わず目を瞠った。

「な……、なに？　エルドにもって……」

エルドラドを振り返るが、彼もなにも聞いていなかったようで、強ばった表情で首を横に振る。不安になったノアを気遣うように、赤い鱗に覆われた大きな手がぎゅっと、ノアの手を握ってきた。

「……お前がこの村に連れてこられた時のことだ」

そばのイスを引き寄せたラジャが、疲れたようにどっかりとそこに座り込み、深く息をつく。緊張した面もちの兄に、ノアもこくりと喉を鳴らした。

「ノア、じいちゃんはお前に、お前を連れてきたのは旅人だったって言ってただろう？　ノアの両親の最期を看取《みと》った人で、お前を託されたって」

「う、うん。確か、その人は旅を続けなきゃいけないから、オレをおじいちゃんに預けたって、そう聞いたけど」

祖父から聞いていた話を思い出しながら頷いたノアだったが、ラジャは膝の上で手を組むと、眉間《みけん》に皺を寄せて唸った。

「俺も、後からじいちゃんに言われて知ったんだが……、実はその時の旅人は、竜人だったらしい」

「……っ、え!?」

思ってもみなかった話に、ノアは愕然としてしまった。

「竜人？　じゃあオレ、竜人に助けられたの……？」

「……そうだ」

頷いたラジャに、ノアは混乱しながらも聞かずにはいられなかった。

「な……、なんでそんな大事なこと、今までずっと黙って……」

「それについては、じいちゃんも本当に悪かったって言ってた。……今でこそエルドラドがいるから村の皆も竜人を受け入れているが、当時は竜人なんて誰も見たことがなくてな。じいちゃんは皆を混乱させないために、その人のことをずっと秘密にしていたらしい。俺が真相を聞いたのも、実はじいちゃんが亡くなる直前なんだ。お前にもいずれ話してくれって言われて、ずっといつ話そうか機会を窺っていて……」

それで、結婚式の後で真実を話すつもりだった。そう言ったラジャに、キースが不思議そうに問う。

「竜人が人間を助けるなんて確かに珍しい話だが、だからと言ってそれが今回の妊娠とどう関係があるんだ？　別にノアちゃんはその竜人の子供ってわけじゃないんだろう？」

だったら、と言いかけたキースだったが、そこでラジャがキースを遮って告げる。

「……その竜人は、ノアに自分の逆鱗を与えて、ノアの命を助けたと言っていたらしいんだ」

「え……」

思ってもみない一言に、ノアは目を瞠った。

（逆鱗を与えた？　命を助けたって……）

一体どういうことなのか。驚愕のあまり言葉を失ったノアを見つめて、ラジャが続ける。

「十五年前、その竜人がノアの両親を看取った時、実はノアも流行り病で死にかけていたらしい。だがその竜人が逆鱗を与えて、命を救ったそうなんだ」

「……っ、オレの、命を……」

自分を祖父に預けた竜人は、自分の命の恩人だった。初めて知ったその真実に、ノアは茫然としてしまう。ノア、と気遣わしげに声をかけてきたエルドラドが、ぎゅっと手を握ってくれた。

「エルド……」

声を震わせながらも手を握り返したノアを落ち着かせるように、エルドラドが一度頷く。大丈夫だ、と視線に込められた強い意思に、ノアは少しほっとして肩の力を抜いた。

黄金の瞳でノアをじっと見つめて、エルドラドが口を開く。

「……それで合点《がてん》がいった。実はノアと初めて会った時から、俺はノアの匂いにどこか懐かしさを感じていたんだ」

「懐かしさ……？」

首を傾げたノアに頷いて、エルドラドは続けた。

「ああ。お前からはまるで人間ではないような、不思議な匂いがするんだ。だがそれが、竜人の逆鱗を体内に取り込んでいるからだとしたら、納得がいく」

「そうなのか？　……オレには分かんないな」

スンスンとノアの匂いを嗅いだキースが首をひねる。どうやらその匂いというのは、エルドラドのように特に力の強い竜人でないと感じ取れないほど、かすかな匂いらしい。

勝手に嗅ぐなとキースを睨むエルドラドをよそに、ラジャが硬い表情のまま告げる。

「じいちゃんの話だと、その竜人は昔大怪我をして、ノアの両親に助けられたことがあったと話していたそうだ。それで自分の逆鱗を与えて、ノアを助けたらしい」

「……竜人にとって逆鱗は、大切な力の源だ」

ぐっと力の籠もった声で、エルドラドが言う。

「逆鱗を失っても死ぬことはないが、大がかりな方術は使えなくなる。竜人は皆武術にも秀でているが、それでも逆鱗を失い、強力な方術を使えなくなるなど、相当な痛手だ。力が強ければ強いほど、逆鱗を手放すには大きな覚悟がいる。……その竜人はきっと、ノアの両親に多大な恩義を感じていたんだろう」

「…………」

自分の両親が竜人を助けていたということも驚きだったが、自分の命がその竜人にそこまでして助けられたものだったなんて、思ってもみなかった。

ノアはぎゅっと一度唇を引き結ぶと、ラジャに問いかけた。

「兄さん、その竜人の名前は？　どんな人だったか、おじいちゃんから聞いてない？」

エルドラドが自分から逆鱗の匂いを感じているからには、その竜人の逆鱗はまだ自分の中に息づいているということになる。自分を助けてくれた竜人は、まだその逆鱗を失ったままのはずだ。

せめてその人のことを知りたい、もしかしたらエルドラドやキースが知っている人かもしれないと思ったノアだったが、ラジャは首を横に振る。

「ごめん、ノア。俺もそこまでは聞いてないんだ。じいちゃん、この話をした後すぐに容態が悪化したから……」

「そうなんだ……」

「でも、青い鱗の竜人だったって、そう言ってた」

俯いたノアに、ラジャが慌てて言う。

「じいちゃんから聞けたのはそれだけだったけど、当時ミランの親父さんが、人間姿のその旅人に会っててな。すぐに村を出ていった、そういえばなにかに追われてるようだったって話だった。深くフードを被ってて、男か女かも分からなかったけど、背が高い旅人だったたって……」

「……エルド」

なにか思い当たることはないかとエルドラドを見るが、しばらく考え込んだエルドラドは難しい顔で首を横に振る。

「せめて名前が分かればいいが、それだけではなんともな」

「オレたちの母方には青い鱗の竜人が多いけど、でもそんな話は聞いたことないな。そもそも他の部族の奴だったらお手上げだし」

ごめんな、とキースに謝られて、ノアは頭を振った。

「ううん。ありがとう、二人とも」

なにしろ十五年も前のことで、自分も記憶がまるでないのだ。すぐに分かるとは思えない。

(でも、どうにかしてその竜人に会いたいな……)

会ってお礼を言いたいし、両親の話も聞きたい。

そう思ったノアだったが、そこでエルドラドが思いがけないことを告げる。

「……だが、その竜人が急いでいた理由は見当がつく。十五年前というと、ちょうど例の逆鱗狩りが多発していた頃だからな」

「逆鱗狩りって……、……もしかして、エルドのお母さんみたいなってこと?」

エルドラドの母は人間の方術使いに逆鱗を奪われ、殺された。それと同じことが多発していたのかと驚

「ああ。そもそも竜人が人間の方術使いに殺されるなど、普通ならあり得ないことだ。だがその方術使いは、どこかで竜人の逆鱗を手に入れたんだろう。同等の力を手にした方術使いは、更に大きな力を求めて次々に竜人を狙った。……その青い鱗の竜人が急いで人間の村を離れたのは、おそらく逆鱗狩りを警戒してのことだろう」

「……そうだったんだ」

逆鱗という大きな力を失った青い竜人は、その後無事だっただろうか。俯いてしまったノアに、エルドラドが幾分声をやわらげて告げる。

「きっと大丈夫だ、ノア。逆鱗がないと分かれば方術使いもわざわざその竜人を狙わなかっただろうし、それに肝心の犯人は十五年前にぴたりと逆鱗狩りをやめている」

「え……、そうなの?」

意外な事実に驚いたノアに、エルドラドは大きく頷いた。

「俺の母の死と同時期に犯行がなくなってな。おそらく誰かが返り討ちにしたのだろうと言われている。お前の恩人がこの村を離れた正確な時期までは分からないから、確実なことは言えないが……。だが、その竜人が無事でいる可能性は高いと思う」

「そっか……」

少し安堵し、ほっと息をついたノアだったが、エルドラドは黄金の瞳に複雑そうな色を浮かべて言った。

「当時、犯人に復讐《ふくしゅう》しようと俺も方々探したが、結局足取りを摑めなくてな。唯一摑んだ手がかりは、その方術使いは常に灰色の蛇と共に現れるらしいということだったんだが……、結局探し当てることができなかった」

エルドラドが苦しそうに目を閉じて続ける。

「当時のことで、竜人の大半は人間を憎むようになった。もちろん悪いのはその方術使いだけだと分かっているが、しかし理屈でどうにかできないのが感情だ。だから俺はお前を一族に紹介できない……。そうすればお前に危険が及ぶかもしれないからだ」

「……エルド」

「本来であれば運命の対同士は一族中から祝福されるというのに、俺が呼べたのはキースだけだ。……すまない」

「そんな……、謝ることないよ」

俯いたエルドラドの手を、ノアはぎゅっと握り返した。

「エルドがオレのこと考えて決めたことなら、それが一番いいに決まってる。……ありがとう、エルド」

なにより、彼自身も大切な母を亡くしてつらい思いをしたはずなのに、それでも人間である自分を受け入れてくれたのだ。そのことが嬉しいし、大事な友人であるキースを紹介してくれたことも嬉しい。

「オレを助けてくれた竜人も、きっとどこかで元気に暮らしてると思う。……オレはそう信じてる」

「……ノア」

ふわ、と綺麗な黄金の目を開いたエルドラドが、ああ、と頷く。

優しいその瞳に、ノアがほっとして笑い返したところで、キースが改めて話を整理した。

「じゃあ、その青い竜人の逆鱗のおかげでノアちゃんは生きてて、しかも妊娠したってことか……」

「……あの、キース。本当にオレ、その……、妊娠、してるの？」

自分を助けてくれたのが実は竜人だった、自分の体の中に竜人の逆鱗があるという真実に驚いて後回しになっていたが、妊娠しているというのはそれ以上の衝撃だ。

それに、妊娠というとおなかが膨らんだり、悪阻《つわり》があったりするものというイメージがあるけれど、ノアのおなかはぺたんこだし、気分が悪くなったのだって先ほどの体調不良くらいだ。

本当に自分は妊娠しているんだろうかと首を傾げたノアに、キースが真剣な顔で頷く。

「オレも確信がなければこんなことは言わないよ。ノアちゃんからは、確かにもう一人分の鼓動が聞こえる。オレ、鼻はそこそこだけど、耳はいいからな。医者として断言する。ノアちゃんは妊娠してる」

「…………」

改めて告げられて、ノアは自分のおなかの辺りを見下ろした。躊躇いつつ、そっと手を当ててみる。

(妊娠……、……ここに赤ちゃんが、いる……?)

何度も、何度も頭の中でキースの言葉を嚙み砕いてみるが、なかなか実感が湧かない。自分が命を宿すことになるなんて今まで一度も考えたことがなかったが、本当にここに赤ちゃんがいるのだ。

自分と、エルドラドの子供が。

「……ノア」

そっと声をかけてきたエルドラドが、おなかに当てたノアの手に手を重ねてくる。さらりとした鱗の温かさに、自分の手が緊張で冷たくなっていたことに気づいて、ノアはへにゃりと笑った。

「あ……、はは、駄目だね、オレ。びっくりしちゃって……」

「驚くのは当然のことだ。俺だって、もしお前の立場なら、どうしていいか分からなくなる」

金色の瞳が、心配そうに自分を見つめてくる。出会った頃よりもずっと感情豊かなその瞳を見つめ返して、ノアはそろりと聞いた。

「……エルドは、嬉しい?」

自分との間に授《さず》かったこの命を、彼はどう思っているのだろうか。少し不安になりながら聞いたノアに、けれどエルドラドは大きく目を瞠ると、きっぱりと言い切った。

「当たり前だ！　嬉しくないわけがないだろう！　俺とお前の子供だぞ!?」

　身を乗り出したエルドラドが、その長い腕でノアを抱きしめてくる。強くて優しい抱擁に、ノアは小さく息を呑んだ。

「……っ」

「俺とお前の、子供だ。俺たちの、家族だ……」

「……エルド」

　エルドラドの声が震えているのに気づいて、ノアはその背を抱きしめ返した。サラサラとした鱗に覆われた大きな背を撫でると、エルドラドが低い声で呻く。

「……だが、お前の体が心配だ。こんな小さな体で妊娠なんて、お前にどれだけ負担がかかるか……」

　先ほどノアが体調を崩したのを目《ま》の当たりにしたから、余計にそう思うのだろう。まるで自分のことのように不安そうにするエルドラドに、ラジャも同調する。

「ああ、それに問題は妊娠だけじゃない。出産は？　大丈夫なのか？」

　ミランの出産に立ち会ったこともあり、心配せずにはいられなかったのだろう。顔を曇らせるラジャに、キースが言う。

「ああ、そこは心配ない。竜人は卵生だからな。かなり小さい卵の段階で生まれてきて、温めるうちに大きくなっていくんだ。とはいえ、ノアちゃんは元々卵を生む体じゃないから、慎重に見守る必要はあるだろうけど」

「へー、なら大丈夫かも」

　小さい卵と聞いて、ちょっと安心したノアの横で、エルドラドが呻く。

「ノア、お前な……！」

　頭を抱えてしまった竜人の腕をぽんぽんと叩いて、

ノアは笑いかけた。

「大丈夫だよ、エルド。オレ、体が丈夫なのが取り柄だから」

「しかし……」

目を眇めたエルドラドが、ノアの匂いをあちこち嗅いで確かめる。大丈夫だってば、とくすぐったさにくすくす笑うノアを見て、キースとラジャが苦笑し合った。

「なんか、妊娠したノアちゃん本人よりも、エルの方がダメージでかそうなんだけど」

「まったくですね。今からそんなことで大丈夫なのか、エルドラド。父親になるんだろう」

呆れたように言うラジャに、ノアは笑ってしまった。

「兄さんこそ、義姉さんが妊娠したって分かった時はすごく動揺してたじゃない。生まれてからだって、毎日おろおろしてるし」

「……それを言うなって」

棚上げを指摘されたラジャが、ちょっと拗ねたように唸る。はは、と笑うノアに、エルドラドが問いかけてきた。

「……ノアは、どうだ？」

「え？」

「不安じゃないか？」

無理をして笑っているのではないかと、そう心配してくれているのだろう。じっと見つめてくるエルドラドに、ノアは俯いた。

「……そうだね、不安だよ。だってオレ、男だし、……人間だし。どうなっちゃうんだろうってすごく、不安」

そもそも人間が竜人の子供を身ごもるなんて、聞いたこともない。自分の体がどうなるのか、宿った命がちゃんと育つのか、怖いことを考え出したら切りがない。

――けれど。

「……でも、エルドが嬉しいって、そう言ってくれたから」

にこ、と顔を上げてエルドラドに微笑みかける。

今日、永遠を誓い合ったばかりの伴侶は、少し驚いたような顔をしていた。

「びっくりしすぎて、最初は怖いなって思っちゃったけど……。でも、エルドが嬉しいって言ってくれたから、オレも嬉しくなってきちゃった。それにエルド、オレの分までいっぱい心配してくれたしね」

「……ノア」

「どうなるのかなって思うと不安だけど……、でもオレもエルドとの家族ができて、嬉しい。絶対、大事にしたい」

エルドラドが家族になろうと言ってくれた時も嬉しかったけれど、更に家族が増えるなんて、本当に幸運なことだ。

不安はあるけれど、それでも自分はこの奇跡を大切にしたい。

エルドラドとの子供を、産みたい。

「……ノアの強さにはいつも、驚かされてばかりだ」

感嘆のため息をつきながら言うエルドラドに、ノアは照れ笑いを浮かべた。

「強いって言うか……、図太いだけだよ」

「まあ、それは否定しないが」

ふっと瞳を和ませたエルドラドに、してよと笑って、ノアは告げた。

「……オレ、頑張って産むね」

「ああ。俺も、できる限りのことをする。……どんな時も、必ずお前のそばにいる」

ぎゅっとノアの手を握ったエルドラドが、目元にくちづけを落とす。鱗に覆われた口で優しくこめかみをくすぐられて、ノアはふふっと笑みを零した。

二人を見守っていたキースが、明るい声で言う。

「まあ、これからはオレもちょくちょく様子を見に来るから。心配しないでね、ノアちゃん」

「うん。よろしくお願いします」

頭を下げたノアとは反対に、エルドラドが低い声で呻いた。

「キースが主治医か……」

「なんだよ、エル。不満か？」

「不満じゃなく不安なんだ」

はあ、とため息をついたエルドラドを、まあ任せろって、とキースが笑い飛ばす。ますますため息を深くしたエルドラドにあはは、と声を上げて笑って、ノアはそっとおなかに手を当てた。

（……オレの、赤ちゃん。エルドとオレの、……家族）

戸惑いが少しずつ溶け崩れ、じわじわと喜びが湧き上がってくる。

（なにがあっても、オレとエルドが君を守るからね。だから、安心して生まれてきて）

声をかけたノアの思いに重ねるように、エルドラドが手を重ねてくる。

見上げた先、優しく光る金色の瞳に頷いて、ノアは込み上げてくる喜びに胸を高鳴らせた——。


——そして、それから四年の月日が流れた。

ぶんっと振られた尾にしがみついていた小さな体が、ぽーんと勢いよく宙に放り出される。キャーッと裸で歓声を上げた赤い髪の子供が、どぼんと水飛沫《みずしぶき》を上げて川に落ちた。

すぐにぷはっと顔を出した子供の額には、人間とは異なる者の証《あかし》である赤い角が二本、ぴょこんと生えている。その首や腕のところどころには深紅の鱗《うろこ》がまばらにあり、丸い尻からは同じような鱗に覆われた尻尾《しっぽ》が生えていた。

「ちち！　もっかい！」

深さのある川をざぶざぶと犬掻《いぬか》きで泳いで、子供が父親の元に戻る。

深紅の鱗に覆われた太い尾、人間よりも遙かに優《すぐ》れた逞《たくま》しい体軀《たいく》、黄金の瞳の竜の頭――、エルドラドが優しく目を細めて頷《うなず》いた。

「ああ、いいぞ。しっかり摑《つか》まれよ、リドガルド」

「うん！」

ひしっとエルドラドの尾の先にしがみついた我が子がキャアキャアと大喜びで宙を舞うのを見て、ノアは苦笑混じりに二人に声をかけた。

「エルド、リド！　そろそろお昼にしようよ！」

「ノノ！」

ノノというのはノアのことだ。リドは普段エルドラドのことを『ちち』、ノアのことを『ノノ』と呼んでいる。まだ赤ちゃんの時に『ノ！』と呼んでいた名残《なごり》だが、二人とも父では混乱するだろうしと、そのまま定着した。

はーい、とよい子のお返事をしたリドが、エルドラドの元までまた泳いで戻ってくる。小さな体をひょいと小脇に抱えたエルドラドは、その状態で器用にぶるぶると頭を振ったリドにふっと笑った。

「まるで犬だな」

「わんわん？」

動物が大好きなリドが、エルドラドの一言にキラ

キラと瞳を輝かせる。

「リド、おおきくなったらわんわんになる！」

「いいねえ。そしたらノノがリドのこと洗ってあげるね」

　ふわふわの布でリドを包み込み、わしゃわしゃとその小さな体を拭《ふ》いてやる。水滴でキラキラと光る深紅の鱗を自分で拭《ぬぐ》いながらエルドラドが唸《うな》った。

「まさか川でか……？」

　自分が竜の姿の時に、この川で何度もノアに洗われたことを思い出したのだろう。あの時も犬扱いだった……、とちょっと遠い目になっているエルドラドに、ノアは笑って嘯《うそぶ》く。

「もちろんそうだけど？　でっかいわんわんになってね、リド」

「わん！」

　犬の鳴き真似《まね》をするリドに、いいのかそれで、とエルドラドが首を捻《ひね》る。考え込んでしまったエルドラドにくすくす笑って、ノアは替えの服をリドに着せた。

　――四年前、ノアは妊娠が分かった三ヶ月後に、小さな卵を産んだ。最初はやわらかかった赤い殻は、だんだんと硬くなり、やがてエルドラドの鱗のようにキラキラと深紅に煌《きら》めくようになった。

　キースに教わり、エルドラドと交代でその卵を温め続けること、半年あまり。少しずつ大きくなった卵はついに自然に割れ、中から赤い髪の小さな赤ん坊が生まれ出てきた。

　生まれた我が子を、ノアとエルドラドはリドガルドと名付けた。愛称はリドだが、キースはガルちゃんと呼んでいる。

　見た目はほとんど人間と変わらないリドだが、竜人の血を引く証か、額には小さな赤い角があり、エルドラドのような竜の尻尾もある。逆鱗《げきりん》はないものの、喉や手首、足首など、ところどころに深紅の鱗があり、瞳の色もエルドラドと同じ金色だった。

キースの話では、竜人の子供は最初から竜人の見た目をしていることがほとんどだが、稀《まれ》にこうして人間に近い見た目の者が生まれることもあるとのことだった。

『滅多にない例だけど、竜人と人間の間に生まれた子供とか、力が安定してない子供とかな。まあ、大きくなったらちゃんと竜人の姿になるだろうから、心配しなくていいよ』

医者であるキースは定期的に村を訪れ、リドの健康診断をしてくれている。普通の子供とは違うリドのために、キースは一族に伝わる文献を片端から調べてはノアとエルドラドに教えてくれていた。

キースが調べてくれているのは、リドのことだけではない。

『言っとくけど、ガルちゃんもだけど、ノアちゃんも結構特殊な体なんだからな!?』

人間の体で竜人の逆鱗を取り込んでいる例なんて、今までにない。なにが起きるか分からないんだからと、リドと一緒に健康診断を受けることになったノアだが、今まで特に不調もなかったので、そう言われてもあまりピンとこない。

風邪《かぜ》らしい風邪もひいたことないし、と首を傾《かし》げるノアに、エルドラドは苦笑して言っていた。

『おそらくそれは、逆鱗の力の作用だろうな。ノアが他の人間よりも運動神経がいいのも、おそらく逆鱗のおかげだろう』

だがこの先どんな影響があるか分からない、キースに診てもらえば安心だと言うエルドラドに、ヤブって言ったくせにとキースはちょっと拗《す》ねていて、ノアは笑わずにはいられなかった。

(オレのことはともかく、リドが大きな病気もなく元気に育ってるのは、キースのおかげだ……)

リドが生まれたばかりの頃、人間の子供とは違う我が子になにかあったらと心配もしたが、親の心配をよそにリドはすくすくと育ってくれた。やんちゃでしょっちゅうケガをするから片時も目が離せないが、とにかくよく食べ、よく遊び、よく寝る子なので、目まぐるしくも楽しい毎日を送っている。

よく晴れたこの日は、元気があり余っているリドにねだられて水遊びをしに、三人で森まで来ていた。馬だと時間がかかるが、エルドラドに抱えて飛んでもらえばあっという間だ。

乾き始めたノア譲りの癖っ毛を跳ね散らかし、広げた絨毯《じゅうたん》に座ってご機嫌でサンドイッチにかぶりつくリドに、エルドラドが零《こぼ》してるぞと苦笑する。長い指で、リドの小さな口からはみ出したサンドイッチを押さえてやりながら、エルドラドがふと思い出したように告げた。

「そういえばミランが、リドに新しく服を作ったと言っていた。ララァとお揃《そろ》いだそうだ」

「本当に？　助かるなあ。リド、また大きくなったから」

ラジャとミランの娘であるララァは、おっとりしていて大人しいが、利発で時々大人顔負けの発言をしたりする。案の定というか、ラジャは一人娘を殊《こと》の外可愛《かわい》がっており、早くも嫁には出さないと宣言してミランに呆《あき》れられている。

ミランのおなかにはまた新しい命が宿っており、身重の彼女は産着などを作るついでにと、よくリドの服も作ってくれていた。

「次も娘だったら、ラジャがますます親バカになりそうだな」

「親バカ度で言えば、うちもそう負けてないと思うけど」

普段からリドに甘いエルドラドをからかえば、肩をすくめたエルドラドが開き直る。

「実際リドは可愛いんだから、仕方ないだろう。俺もリドが女の子だったら、絶対嫁には出さない」

「……男の子でよかったねえ、リド。あやうく結婚できなくなるところだったかもよ」

口の周りにいっぱいソースを付けているリドの顔を布で拭いながらそう言うと、リドがきょとんと首を傾げた。

「けっこんって？」

「父とノノのように、大切な者とずっと一緒にいると約束をすることだ」

微笑《ほほえ》んだエルドラドが、ノアの肩を抱き寄せて目を細める。まんまるに目を見開いたリドが、すっくと立ち上がって宣言した。

「リドもノノとけっこんする！」

「えええ？」

思わぬプロポーズに驚いてしまったノアだったが、エルドラドはわざとらしく神妙な顔つきでぎゅっとノアを抱きしめて言う。

「ノノはもう父と結婚しているから駄目だ」

「ちちともする！」

叫んだリドが、ノアとエルドラドに突進してくる。リドにぎゅっと抱きつかれて、ノアは笑いながらその小さな体を抱きしめ返した。

「あはは、じゃあ皆で結婚しようか」

「浮気は許さないぞ、ノア」

太い尾でぎゅっとリドごとノアを抱きしめて言うエルドラドだが、その低い声には笑みが滲《にじ》んでいる。やわらかく細められた瞳から零れるあたたかな金色の光に、エルドもねと笑い返して、ノアはそのサラサラの尾をぽんぽんと軽く叩《たた》いた。

エルドラドと出会う前は、まさか自分が竜人と想いを通わせるなんて思いもしなかったし、結婚どころか男の自分が妊娠するなんて想像もしなかった。けれど、こうしてエルドラドと結ばれ、リドを授《さず》かって家族を持つことができて、本当に幸せだ。

（大切な、なにより大事な二人と、ずっと一緒にいたい）

今はこの穏やかな日常が、なによりも愛《いと》おしい。

この幸せがずっと、ずっと続くといい――……。

（……あとはオレの恩人が見つかれば、言うことないんだけど）

リドをきゅっと抱きしめて、ノアは視線を落とした。

ノアの恩人である青い鱗の竜人は、まだ見つかっていない。キースにも頼んでそういった竜人がいないか調べてもらっているが、手がかりは未《いま》だになにもなかった。

ふうと小さく息をついたノアに、エルドラドが気づいて問いかけてくる。

「どうした、ノア」

「ん……、オレの恩人のこと。なかなか見つからないなあって」

ノア自身も村の者に聞いて回っているが、なにせもう十九年も前のことで、しかもその竜人と直接言葉を交わしたのは亡くなったユーゼフだけらしく、当時のことを覚えている者は少ない。せめてどこに行ったか分かればと考えていると、エルドラドがくぐもった低い声で言った。

「……すまない。俺が力になってやればいいんだが……」

「そんな、エルドのせいじゃないんだから、謝らないでよ」

人間を嫌う竜人族からノアとリドを守るため、エルドラドは未だにキースとしか連絡を取り合っていない。他にも無事を知らせたい友人はいるだろうに、誰にも連絡を取らず、自分とリドのそばにいてくれる彼に、ノアは笑いかけた。

「オレはエルドがそばにいてくれて心強いよ。恩人にはいつか会って、ちゃんとお礼を言えたらいいなって、それだけ」

「……そうだな」

長い首を曲げたエルドラドが、すり、とノアのこめかみに鼻先を擦《こす》りつけて頷く。

「……俺はお前のそばにいる。……ずっと」

「ん、オレも」

目元をくすぐる赤い鱗に笑いながらそう答えたノアだったが、そこで腕の中のリドがなにやらもぞもぞし始めたことに気づいた。

「リド？　どうしたの？」

「んー……」

むむむ、と眉を寄せたリドは、しきりに自分の背後を気にしている。ぴょんとノアの膝から降りたリドは、驚いたことにその場でくるくる回り始めた。

「えっ、な、なに、リド？」

「なんかある！」

手を伸ばしたリドが自分の尻尾を摑もうとしているのに気づいて、ノアは戸惑った。

「……尻尾？」

「ああ、ようやく気がついたか」

おかしそうに笑ったのは、エルドラドだった。どういうこと、と見上げたノアに、エルドラドが説明する。

「竜人の子供は皆、あれくらいの年齢になると自分に尻尾が生えていることに気づくんだ。猫の仔《こ》もよくやっているだろう？」

「ああ、そういうことなんだ。……リド、それはリドの尻尾だよ。父にも同じの生えてるでしょ？」

なかなか自分の尻尾を捕まえられず、悪戦苦闘しているリドにそう声をかけるが、ようやくたしっと尻尾の先を摑んだリドは、まじまじとそれを見つめた後、何故《なぜ》だか不満そうに頰を膨らませる。

「……おんなじじゃない。ちちのがいい」

どうやら自分の尻尾がエルドラドよりも小さいの

が不満らしい。びちびち跳ねる尻尾の先を、小さな手でぎゅうっと握ってむくれるリドに、エルドラドが笑って提案した。

「よし、じゃあもう一度水遊びするか？　たくさん遊んだら、きっと体も強くなるだろう。尻尾もすぐに大きくなるぞ」

「する！」

大喜びで返事をしたリドが、そのまま川へと走り出す。ノアは慌ててその背を追いかけて捕まえた。

「待って待って！　水遊びするなら服脱いでから！」

最初から水遊びをするつもりだったので着替えは持ってきていたのだが、ここに着いた途端、興奮したリドが着ていた服のまま川に突っ込んでしまったので、乾いている服は今着ているものしかないのだ。裸で空を飛んで帰ったら、いくらなんでも凍えてしまう。

「ノノもあそぼ！」

バンザイして服を脱がされたリドが、ノアの服の端を握って誘ってくる。ノアは苦笑してしまった。

「ええ？　でもオレは着替え持ってきてないし……」

「裸になればいいだろう。誰もいないんだから」

自分の服の裾《すそ》をまくりながら、エルドラドが笑う。

「さっきの尻尾の、本当はお前もやりたかったんだろう？　ノアくらいなら投げてやれるぞ」

「……本当？」

そう言われると、俄然《がぜん》うずうずしてしまう。

こんなところで裸になるなんてと躊躇いを覚えたのは一瞬で、誘惑に負けたノアはバッと服を脱ぐと、リドと一緒に勢いよく川に飛び込んだ。

「うわっ、冷た！　でも気持ちいー！　よーし、行くぞ、リド！」

ノアにパシャッと水をかけられたリドが、キャアキャア歓声を上げてやり返してくる。全裸ではしゃぐノアに、エルドラドが苦笑を零した。

「まさか本当にやるとは……」

言ったのは俺だがと笑いつつ、エルドラドが川に入ってくる。ノアはリドと一緒にざぶざぶと犬掻きで近づくと、その太い尾にひしっと摑まった。

「よろしく、エルド！」

「リドも！」

わくわくと目を輝かせるノアに続いて、リドもエルドラドの尾の先にしがみつく。赤い鱗を煌めかせたエルドラドが、ふっと笑って体を捻った。

「行くぞ。一、二……」
三、のかけ声と共に、強靱な尾がしなやかにうねり、二人の体がぽーんと空中に投げ出される。
太陽の一番近くでふわっと浮遊感に包まれた刹那、ドボンッと川に沈んだノアは、水中でリドと顔を見合わせた。ぶくっと同時に笑い出し、慌てて水面から顔を出す。

「あはは！　なにこれ、すっごい楽しー！」

「ちち、もっかーい！」

「オレも！　オレも、もう一回！」

元気よく叫んで泳いでくる二人に、エルドラドが苦笑混じりに言う。

「まるでリドが二人に増えたみたいだな。これは、いけないものを覚えさせたか？」

やれやれと肩をすくめるエルドラドだが、黄金の瞳は楽しそうに細められている。

水中でゆらゆらと揺れる深紅の尾に、ノアがリドと一緒になってしがみついた、――その時だった。

「ノア！」

ガサガサと繁みを掻き分ける音がして、ラジャが姿を現す。突然のことに、ノアは驚いて目を瞠《みは》った。

「ラジャ？　どうしたの、いきなり」

「ミランから、お前たちが森に行ったって聞いてな。呼びに来たんだが……。ノア、お前……」
ハ、と息を切らせたラジャが、水面から裸の上半身を覗かせているノアを見て、呆れたような顔をする。えへへ、と照れ笑いを浮かべたノアをラジャの視線から遮るように背に隠して、エルドラドがラジャに問いかけた。

「それで、なにかあったのか?」

ノノー、と寄ってくるリドを抱きしめて、ノアもエルドラドの脇から顔を出してラジャを見る。

わざわざ呼びに来るなんてどうしたのかと思ったノアだったが、ラジャが告げたのは思いがけない一言だった。

「お前に客が来てる。……青い鱗の竜人だ」

「え……」

サアッと吹き抜ける風に、川の水面がキラキラと煌めく。

見慣れたはずのその輝きがやけに目について、ノアはリドを抱きしめたまま、茫然と瞬きを繰り返した——。

◆◆◆

トン、と地面に降り立ったエルドラドの腕の中から、ノアはリドを抱いたまま飛び降りた。ちょうど家から出てきたミランが、ララァの手を引き、ノアを出迎える。

「ああ、ノア! ラジャは後から?」

「義姉《ねえ》さん……。うん」

緊張に強ばった顔で、ノアは頷いた。

「兄さんから聞いたけど、オレに会いたいって竜人が来てるって……」

「名前を聞いたが、俺も知らない名だった。シェーシャと名乗っているそうだな」

確認したエルドラドに、ミランが頷く。

「ええ。物腰も声も中性的だけど、男性よ。最初はラジャのお祖父《じい》さんを訪ねてきたの。亡くなったたって言ったら、それならノアという男の子はいるかって。青い鱗の竜人だからもしかしてって思ったんだけど、詳しい話はノアとしたいって言うから……」

ノアの恩人が実は青い鱗の竜人だったということは、今や村の者なら誰もが知っている。そのため、ミランもその可能性を真っ先に考えたのだろう。

（……エルドは知られると危険があるから、オレのことは一族に伏せてた。キースもここに来る時は誰かにつけられてないかすごく気にしてくれてたし、彼が誰かに喋《しゃべ》るわけがない。だとすると、竜人でオレのことを知ってるのって、やっぱり……）

ドキドキと、期待に胸が高鳴る。

祖父を、そして自分を知っている、青い鱗の竜人。そのシェーシャという竜人は、もしかして――。

ぎゅ、とリドを抱く腕に力を込めたノアに、リドが不思議そうに首を傾げる。

「ノノ？」

「……リド、エルドと一緒に待っててくれる？」

このまますぐにでも会って確かめたい。けれど、万が一ということもある。

とりあえずその竜人がどういうつもりで自分に会いに来たのか、それがはっきりするまでエルドラドとリドの存在は伏せておいた方がいい。そう思ってリドを渡そうとしたノアだったが、エルドラドは抱き取ったリドをそのままミランに預けてしまう。

「ミラン、しばらくリドを頼む」

「え？　ええ、いいけど」

リドを引き取ったミランを横目に、ノアは困り果ててしまった。

「……エルド」

「俺も立ち会う」

「言うと思った……。駄目だよ」

「何故だ」

不服そうにエルドラドが唸る。ノアはため息をついて言った。

「その竜人がオレの思ってる通りの人ならいいけど……、もし違ったら、エルドやリドに危害が及ぶかもしれない。そんなの駄目だよ」

相手の正体が分からない以上、二人をなるべく危険な目に遭わせたくない。そう言ったノアだったが、エルドラドは頭を振ってそれを否定する。

「そうじゃないだろう、ノア。もしその竜人がお前の恩人でなかったら、真っ先に危険なのはお前だ。お前だってそれは分かっているはず」

「……それは……」

「それに相手が竜人なら、どのみちお前が俺の伴侶だということは匂いで分かる。リドのことまで分かる竜人は少ないだろうが、俺のことは隠せない」

ノアが二人を庇《かば》い、隠そうとしても、ノア自身にはエルドラドの匂いが染み着いている。言い逃れはできないと、そう言うエルドラドに、ノアはふうと肩を落とした。

「駄目かあ。万が一危ない相手だったら、エルドのことなんて知らないって言い張ろうと思ってたんだけど」

「竜人に嘘《うそ》は通用しない。……俺にもな」

「エルドに嘘なんてついてないって」

咎《とが》めるような視線にそう言い返すと、エルドラドがますます厳しい顔つきになる。

「ついてないが、誤魔化そうとしただろう。自分だけ危険な思いをしようとするな」

「だって相手はオレを指名してるんだし……」

「ノア」

遮ったエルドラドが、きっぱりと言い渡す。

「俺も行くからな」

「……はーい」

渋々頷いたノアに、伸ばすな、とエルドラドが小言を言う。はいはいとあしらって、ノアはミランの腕に抱かれたリドに言い聞かせた。

「リド、ノノたちちょっと行ってくるけど、すぐに戻るからいい子に……」

「や！」

しかしリドは、ぷうっと頬を膨らませて叫ぶ。

「リドもいく！」

「リド、ララァと一緒に遊んでよう？　ね？」

ミランがなだめようとしてくれるが、リドはますます頑固に言い張る。

「や！　リド、ちちとノノといっしょ……！」

「……リィちゃん、ララァのこときらい？」

くいくいとミランの服の裾を引っ張ってリドに聞いたのは、それまでずっと大人しく黙っていたララァだった。突然の質問に、リドがびっくりして首を横に振る。

「ううん、すき」

「ララァといっしょにあそべたらうれしい？」

「……うれしい」

「ならあそぼ」

ね、とにこっと笑ったララァに、リドがこくりと頷く。地面に降ろされたリドは、ノアたちのことを少し気にしながらも、ララァに手を引かれて広場の方へ駆けていった。

「……ララァちゃん、やるなあ」

「末恐ろしいな……」

思わず唸ったノアに、エルドラドも呻《うめ》く。くすくすと笑って、ミランが二人を促した。

「私の自慢の娘だからね。リドは見てるから、どうぞ入って。客間に通してるから」

「ありがとう、義姉さん」

頼みますと軽く頭を下げて、ノアはエルドラドと共にラジャの家に入った。

村長のラジャの家は村人の集会所も兼ねているため、中に入ってすぐ客間がある。扉のないその客間の手前で、ノアは一度立ち止まった。緊張に早鐘を打つ心臓をなだめようと、そっと胸元に手をやると、肩に大きな手が置かれる。

「……大丈夫だ、ノア」

「エルド……、……うん」

落ち着いた低い声に頷いて、ノアは一度深呼吸した。よし、と小さく呟《つぶや》いて、前に進む。

「……お待たせしました」

声をかけて部屋に足を踏み入れると、こちらに背を向けて立っていた人が振り向いた。

フードを深く被《かぶ》っていても分かる、人間離れした体格。エルドラドより細身ですらりとした印象だが、背は同じくらい高い。外套《がいとう》から覗《のぞ》く腕や手は、まるでノアの夢に出てくる海のように深い、深い青の鱗に覆われていて——。

「こちらこそ、突然押し掛けて申し訳ありません。……おや、あなたは……」

フードを取った青い竜人が、ノアの隣にいるエルドラドを見て、黒に近い濃い灰色の瞳を瞬かせる。少し驚いたような彼に、ノアは告げた。

「オレがノアです。彼はエルドラド。……オレと彼は運命《さだめ》の対《つい》同士なんです」

「運命の対……。竜人が人間と、ですか？」

目を瞠った竜人が、慌てて訂正する。

「いえ、すみません。珍しかったもので、つい驚いてしまって。……私はシェーシャと申します。十九年前、この村にあなたを連れてきた者です」

「……っ、じゃあやっぱり、あなたが……！」

彼が自分を助けてくれた恩人なのか。喜びに顔を輝かせかけたノアだったが、その時、エルドラドがスッと前に進み出た。

「……その時の村長の名は」

「エルド、なにを……」

どうして突然そんなことを聞くのかと戸惑ったノ

アだったが、エルドラドは鋭い目つきのまま、更に問いかける。

「村長の子供は？　孫の名は……」

「エルド！」

　詰問するような口調のエルドラドに、驚いて声を上げる。これではまるで、シェーシャのことを疑っているみたいだ。

　しかしシェーシャはエルドラドに向き直ると、苦笑を浮かべてやわらかな声で言った。

「当時の村長さんは、確かユーゼフさんと仰《おっしゃ》いました。息子さん夫婦を流行《はや》り病《やまい》で亡くして、お孫さんを引き取って育てている、と。お孫さんは先ほど会ったラジャさん、……ですよね？」

　にこ、と柔和な笑みを浮かべて答えたシェーシャに、エルドラドがスッと目を細めて頷く。

「確かにその通りだ。なら……」

「ちょ……っ、もういいだろ、エルド」

　まだなにか聞こうとしている様子のエルドラドを、ノアは慌ててとめた。

「オレのこと知ってて訪ねてきてくれたんだ。シェーシャさんはオレの恩人に間違いないよ」

「……しかし、お前の恩人が青い竜人だということは、この村の者なら誰もが知っている。経緯を知っている程度で信じるわけには……」

　慎重に確かめなければと言いたげなエルドラドに、シェーシャが申し出る。

「お疑いでしたら、どうぞこちらを」

　するり、と首に巻いていた灰色のルガトゥルを取り、エルドラドに歩み寄って首元を晒《さら》す。

「私には逆鱗がありません。十九年前、ノアさんにお預けしたからです。あなたほど力の強い竜人なら、ノアさんの中に強い力を感じているはず。それは私の逆鱗の力です」

「……そのことはこちらも把握している。ノアの中に息づく力は、おそらく竜人の力だろうということもな。……確かに、傷口も古いな」

竜人にとって、逆鱗がないことを知られるのは命取りにもなりかねない。その危険を顧みず、あえて傷口を晒したシェーシャに、エルドラドもさすがに引き下がらずにはいられなかったらしい。

「……疑って悪かった」

謝ったエルドラドに、シェーシャが穏やかに首を横に振る。

「いいえ、伴侶を守ろうとするその気持ちは、私にもよく分かりますから」

お気になさらず、と微笑んで、シェーシャがルガトゥルを巻き直す。

まだ少し警戒しているような様子のエルドラドの腕をぽんぽんと軽く叩いてなだめて、ノアは改めてシェーシャに告げた。

「十九年前、オレを助けて下さったのは、シェーシャさんだったんですね。オレ、あなたのことをずっと探していたんです。本当にありがとうございます」

ぺこりと頭を下げると、シェーシャが頭を振る。

「いいえ、私はあなたに謝らなければなりません。私はあなたのご両親に助けていただいたにもかかわらず、ご両親を救うことができなかった。本当に、なんとお詫《わ》びしていいか……」

「そんな……。謝らないで下さい。どうしようもないことだったんですから」

シェーシャは両親の願いを聞き入れ、大切な逆鱗を与えて自分を助けてくれたのだ。感謝こそすれ、彼を責めるなんてお門違いだ。

ありがとうございますと、もう一度頭を下げたノアに、シェーシャが困ったように言う。

「ノアさん……。……ですがやはり、私はあなたに謝らなければならないのです。今日ここに伺ったのは、私の逆鱗を返していただくためなのですから」

「あ、はい。それはもちろん……」

自分の中に取り込まれているという逆鱗は、元々このシェーシャのものだったのだ。返すのは当たり前だと、そう頷きかけたノアだったが、その時、目の前を深紅の背に遮られる。

ぎらりと硬質な光を放つ鱗は、他ならぬエルドラドのものだった。

「お前……、それがどういう意味か、分かって言っているのか……!?」

「エルド……?」

険のある低い声を発するエルドラドに、ノアは戸惑った。

(……さっきからエルド、ちょっと変だ)

思えばシェーシャが現れたと聞いた時から、エルドラドの様子はおかしかった。

ノアがシェーシャと会うのに立ち会うと言ったり、彼が本当にノアの恩人なのか念入りに確かめようとしていたり。それらはすべて自分を守るためなのだろうと思っていたが、恩人と分かった今も彼に対して敵意を向け続けているのは、どう考えてもおかしい。

なにかあるのかと緊張に身を強ばらせながら、ノアはエルドラドに問いかけた。

「どういうこと、エルド？　オレが逆鱗を返したら、なにかあるの？」

「…………」

「エルド……」

黙り込んだエルドラドにノアが困り果ててしまった、その時だった。

「……私に逆鱗を返せば、彼は死ぬ可能性が高い。そういうことですね？」

静かな声で、シェーシャが問う。ノアは驚いて目を見開いた。

「……死ぬ……？」

ぽつんとその場に響いた呟きは、自分の声なのに、まるで別人が発したもののように聞こえた。

（死ぬ……、死ぬって、オレが……？）

一体どういうことなのか。なにかの間違いではないのか。何故二人にはそんなことが分かるのかと混乱したノアは、震える声でエルドラドに聞く。

「エルド……、あの、それ、どういうこと……？　し……、死ぬって、本当に……？」

「……ノア」

顔を青ざめさせたノアを振り返ったエルドラドが、強ばったノアの手を取る。大きな手でノアの手を包み込んだエルドラドは、ノアをじっと見つめ、低い声でゆっくりと言い聞かせた。

「大丈夫だ、ノア。今の話は、あくまでもお前から逆鱗を取ればという話だ。なにも今すぐお前が命を落とすというわけではない」

「……う、うん」


動揺しきっていたノアは、エルドラドの言葉を聞いて少し冷静さを取り戻す。

「そうか、……そうだよね。ごめん、ちょっとびっくりして……。……あの、でもなんで？」

何故逆鱗を取ると、自分が死ぬのか。元はシェーシャのものだったのだから、取っても構わないのではと思ったノアに、エルドラドは少し苦い表情で告げた。

「……彼の逆鱗が、お前の魂と深く結びついているからだ」

「魂と……？」

聞き返すと、エルドラドがそうだと強く頷く。

「逆鱗は、最初はお前の生命力を底上げする応急処置の役目を果たしていた。だがその後、命の危機を脱してもお前の中には逆鱗が在り続けた。おそらくそのせいで、長い年月を経た逆鱗はお前の魂と深く結びついたんだろう。……今更逆鱗を取り出せば、お前は命を失いかねない」

「……もしかしてエルド、前からそれに気づいてた……？」

エルドラドの口振りからすると、彼はそのことに確信を持っているようだ。おそらく今さっき気づいたわけではないのだろう。

問いかけたノアに、エルドラドが躊躇《ためら》いつつ頷く。

「最初は分からなかったが、徐々にな。……黙っていてすまない。キースにも、もしなにか青い竜人の手がかりが見つかったら、まずは俺に知らせるように頼んでいた」

「……そっか」

正直に打ち明けてくれた彼に、すとんと納得がいって、ノアは頷いた。

エルドラドがキースにそう頼んだのは、自分を守るためだ。エルドラドはおそらく青い竜人が見つかったら、相手がどういうつもりか確かめるつもりだったのだろう。

そしてそのシェーシャは、逆鱗を返してほしいと言う——。

「……私とて、最初からそうと分かっていてこちらに来たわけではありません」

ノアを見つめて、シェーシャが苦渋の表情を浮かべる。

「先ほどあなたを見て気づいたのです。私の逆鱗はすでに、完全にあなたのものになっていると。ですからどうしたものか、と……」

「……どうするもこうするもない。お前は助けた命を自ら奪うと言うのか？」

シェーシャの言葉を一蹴したのは、金色の瞳を鋭く眇《すが》めたエルドラドだった。

「たとえお前がかつてノアを助けたのだとしても、だからと言ってノアの命はお前のものではない。それでも逆鱗を返せと言うのなら、俺は全力でお前と戦う……！」

「ちょ……、ちょっと待って、エルド。お願いだからちょっと、落ち着いて」

物騒なことを言い出したエルドラドに、ノアは慌ててしまった。シェーシャを睨《にら》む彼の腕を引き、言い聞かせる。

「最初からそうやって敵対しないで、ちゃんと話し合わなきゃ」

「ノア、しかし……」

「エルドラド殿《どの》、ノアさんの仰る通りですよ」

なおも渋るエルドラドに苦笑しながら言ったのは、シェーシャだった。

「それに、私はあなたと戦う気はありません。逆鱗がない状態であなたのように強い竜人に刃向かってても、結果は明らかです。我々竜人族は、命を無駄にはしない。エルドラド殿も、それは重々ご承知でしょう？」

落ち着き払った様子で言うシェーシャに、エルドラドも黙り込む。ノアはほっとして謝った。

「……エルドが失礼なこと言ってすみません」

「いいえ。私たち竜人は情の深い種族ですから、自分の番《つがい》の命がかかっているとなれば殺気立つのは当然のことです。とはいえ、エルドラド殿のノアさんへの想いは相当なもののようですね。さすが、運命の対だ」

うらやましいですと、少し眩《まぶ》しそうに目を細めて、シェーシャは続けた。

「誤解しないでいただきたいのですが、私もノアさんの命を奪うような真似はしたくないのです。ですが、私はどうしても逆鱗を取り戻したい……」

「……何故だ？　今になってどうして、そんなことを言い出す？」

この十九年間、ノアの前に姿を現さなかったシェーシャが、何故唐突に現れ、逆鱗を返すよう迫るのか。その理由が分からないと唸るエルドラドに、シェーシャはゆっくりと語り出した。

「その理由をお話しするには、まず私の過去をお話ししなければなりません。……十九年前のことです。私には、婚約者がいました。運命の対同士ではありませんでしたが、私たちは深く、深く愛し合っていました」

濃い灰色の目を静かに伏せたシェーシャが、大きく息をつく。そして彼は、苦渋に満ちた声を絞り出した。

「ですが彼女は、当時頻発していた逆鱗狩りの餌食《えじき》となり、命を落としました。結婚式の直前に……」

「っ、逆鱗狩りって、あの……？」

エルドラドの母も犠牲となった、十九年前の惨劇。その惨劇に、シェーシャの婚約者も巻き込まれていたのかと驚くノアに、シェーシャが頷く。

「ええ。ノアさんもご存じでしたか。もしやエルドラド殿から聞いたのですか？」

シェーシャの問いかけに、エルドラドが答える。

「……俺の母も、同じ相手に殺された。俺はその苦しみから竜に姿を変え、そしてノアと巡り会ったんだ」

「竜に……」

驚いたように目を瞠ったシェーシャが、感嘆したように唸った。

「では、エルドラド殿はノアさんのおかげで竜人に戻れたのですね。……素晴らしい」

「ノアは俺の救いだ。ノアがいなければ、俺は立ち直れなかった。……そういった意味では、俺はあなたに感謝しなければならない」

シェーシャが自分と同じように大切な人を亡くしたと知ったからだろう。幾分やわらいだ声で言ったエルドラドが静かに目を伏せ、頭を下げる。

自分の喉元に巻いたルガトゥルに手をやったシェ

ーシャが、頭を振って言った。

「顔を上げて下さい、エルドラド殿。誰しも皆、誰かに助けられて生きているのですから。私もそうでした。生前の彼女に幾度となく助けられた……。このルガトゥルは、彼女の形見なのです。式の時に私に贈ろうと、彼女が用意してくれていたものです」

ここに、とシェーシャが示した灰色のルガトゥルの端には、綺麗《きれい》な青緑色の糸で繊細な刺繍《ししゅう》が施されている。婚約者がシェーシャのことを思って一針一針、丁寧に縫ったものだろう。

「……つらい思いをされたんですね」

運命の対ではなかったとはいえ、生涯愛すると決めた相手を失ったのだ。どれだけ苦しく、悲しく、つらかっただろう。

そっと声をかけたノアに、シェーシャが静かに目を閉じる。ルガトゥルを摑む彼の手に、ぐっと力が籠もった。

「……あの時の絶望は、生涯忘れられません。いっそ運命の対だったらと、何度思ったことか。運命の対ならば、狂ってしまえる。赤い月の縁《えにし》があれば、竜にもなれる……」

「……シェーシャさん」

願ってはいけない、けれどそう願わずにはいられないほどの苦しさを抱えてきた彼に、ノアは言葉をなくしてしまう。黙り込んだノアに、シェーシャがふっと寂しそうな笑みを浮かべた。

「お母様を亡くされて苦しまれたエルドラド殿の前で言うことではありませんでしたね。どうぞお許し下さい」

「……いや」

頭を振ったエルドラドに、もう一度すみませんと呟いて、シェーシャが続けた。

「……彼女を失った後、私は怒りに駆られ、すぐに犯人を追いました。一度は追いつめましたが、返り討ちに遭い、深手を負って……、そして、ノアさんのご両親に助けていただいた」

「あ……」

自分の両親の話題に、ノアは小さく声を上げた。

緊張しながらシェーシャに告げる。

「亡くなる前、祖父が兄に話してくれたと聞きました。青い竜人はオレの両親に恩があって、オレを助けてくれたんだ、と。エルドとも、だからこそその竜人は、大切な逆鱗を与えてまでしてオレを救ってくれたんだろうと話していました」

「ええ、その通りです」

ノアの言葉に頷いて、シェーシャが続ける。

「逆鱗の力であなたの命を救うことはできましたが、私は方術使いの正体を知っている。いつ何時、奴に襲われるか分からない。そんな状態で幼いあなたを連れ歩くことはできないと判断し、ユーゼフさんにあなたを預けました。……この十九年間は、方術使いから身を隠すために各地を転々としていたのです」

「十九年も、か？　方術使いはもうずっと前に死んでいるだろう」

指摘したのは、エルドラドだ。組んでいた腕を解き、不可解そうに問うたエルドラドに、しかしシェーシャはきっぱりと断言した。

「……いいえ、奴は生きています」

静かに頭を振ったシェーシャに、ノアは息を吞《の》んだ。ぐっと視線を険しくしたエルドラドが、シェーシャに問い返す。

「……生きている、だと？」

「ええ、残念ながら。私はこの十九年間、何度も奴に襲われました。自分で言うのもなんですが、私の力は一族の中でもかなり稀有《けう》なものなのです。力そのものも強いのですが、特に再生や癒しの能力に特化しています。……死者を蘇らせることも可能だと言われています」

もちろん実行したことはありませんが、とシェーシャが言い添える。ノアは目を瞠り、自分の胸元に手を当てて呟いた。

「死者をって……、……すごい能力ですね」

「……断言はできませんが、おそらく私の逆鱗がある限り、ノアさんは竜人と同じようにある程度の年齢で成長がとまり、よほどのことがない限り死ぬことはないと思います」

「……っ、それって不老不死ってことですか？」

まさか自分にそんな能力が具《そな》わっているなんて、にわかには信じられない。驚くノアに、エルドラドも驚愕《きょうがく》したように唸る。

「確かに、死者を蘇らせることができるほどの力を持つ逆鱗ならあり得ない話ではないが……。しかし、そこまでの力とは……」

「……だからこそ、奴は私の逆鱗を執拗《しつよう》につけ狙っているのです。ですから私は、ずっとノアさんに近寄らないようにしていた……。奴が私の逆鱗の在処《ありか》に気づけば、ノアさんの身が危ないですから」

つまりシェーシャはノアのために、長い間ずっと人目を避け、一人きりであちこちをさまよっていたのだ。

「っ、オレの、ために……」

謝ればいいのか、お礼を言えばいいのか分からず、言葉に詰まってしまったノアに、シェーシャが首を横に振って微笑む。

「正直に申し上げると、純粋にノアさんのためだけというわけではないのです。逆鱗がない状態なら、万が一奴に追いつめられたとしても、殺される可能性は低い。奴はなんとしてでも私の逆鱗の在処を聞き出そうとするでしょうからね」

そこまで見通してのことだったのだと言うシェーシャに頷いて、ノアは尋ねた。

「じゃあ、ここに逆鱗を取り戻しに来たのは、もう危険がなくなったからなんですか？　もしかして、その方術使いが本当に死んだとか……」

「……いいえ、そうではありません。実は、奴が最近になってまた逆鱗狩りを始めたのです」

「え……」

驚いて、ノアは思わずエルドラドを見つめた。しかし、彼も知らない情報だったのだろう。驚きを滲ませつつ、苦い表情で問いかける。

「……それは本当か」

「ええ。ずっと私をつけ狙っていた奴が、何故再び同族を狙い出したのか、その理由は分かりません。ですが、すでに幾人かが奴の餌食になっています」

瞳を伏せたシェーシャが、灰色のルガトゥルを握りしめて言う。

「彼女の命を奪った方術使いがまた現れ、同胞の命を奪っている……。そう思ったらいても立ってもいられず、ここに向かっていました。私はもう、逃げたくない。今度こそあの方術使い、ヴァースを、この手で倒したい……！」

「ヴァース……」

初めて知った方術使いの名前を、ノアは繰り返した。

（それが、エルドのお母さんとシェーシャさんの婚約者の命を奪った方術使い……。……二人の、仇《かたき》）

そっと窺《うかが》い見たエルドラドは、常になく険しい顔をしている。あの時の絶望は生涯忘れられないと、そう言ったシェーシャと同じ思いを、彼もまた、している――。

（まさかエルド、復讐《ふくしゅう》するって言い出すんじゃ……）

名前だけでも分かれば、方術使いを探す手がかりになる。仇敵《きゅうてき》を討つつもりでは、と一瞬危惧したノアだったが、エルドラドが口にしたのは意外な言葉だった。

「……分かった。ならば、俺の逆鱗を持っていけ」

「っ、エルド!?」

いきなりなにを言い出すのかと驚いたノアに、エルドラドが淡々と告げる。

「それが最善なんだ、ノア。彼の気持ちは痛いほど分かるし、逆鱗がなければその方術使いには対抗できない。だが、お前の逆鱗は渡せない。ならば、俺の逆鱗を彼に渡す他ないだろう」

「それは……、っ、でも」

逆鱗を失っても、竜人は死ぬわけではない。それは分かっている。けれど、エルドラドにとっても逆鱗は大切なものだ。自分のためにそれを失うなんて、あってはならない。

(でも、オレがシェーシャさんに逆鱗を返して命を落とせば、エルドもきっとただではすまない……)

運命の対である自分が死ねば、エルドラドは今度こそ命を落とすかもしれない。そんなこともっとあってはならないし、万が一そんなことになったらエルドは一体どうなってしまうのか、考えたくもない。

ノアは混乱しつつも必死に考えを巡らせ、エルドラドに尋ねた。

「エルド、オレが死なずに、シェーシャさんに逆鱗を返す方法は？　そういうのはないの？」

「……ノア」

「それができたら、エルドが逆鱗を失う必要はないよね？　そうだよね？」

どうしたらいいかなんて分からないが、それでもなにか方法があるのではないか。すがるような思いで聞いたノアに、しかしエルドラドは重々しく首を横に振る。

「……逆鱗がお前の魂と深く結びついている以上、どうあがいても無理だ。逆鱗を切り離そうとすれば、お前は命を落とす可能性が高い」

「可能性が高いだけなら、もしかしたら……！」

「お前の命を危険に晒せるわけがないだろう！」

吼《ほ》えるエルドラドに、ノアは反射的にびくっと肩を震わせた。すまないと謝ったエルドラドが、瞳を眇めて呻く。

「頼む、ノア。他に方法があるのなら、俺だってそうする。これしかないと、そう判断したから言っているんだ。……分かってくれ」

「エルド……」

苦しげな低い声が、頼む、ともう一度繰り返す。そこまで言われてしまうともう食い下がることができなくて、ノアは途方に暮れてしまった。

ゆっくりと一度瞬きをしたエルドラドが、シェーシャに向き直って言う。

「……シェーシャ殿、俺の逆鱗では不服だろうが、それで手を打ってくれないか」

「不服だなんて、そんな……。エルドラド殿の逆鱗があれば、きっとヴァースを倒せるでしょう。しかし……」

同族故《ゆえ》に、エルドラドの申し出の重さを痛感しているのだろう。躊躇《ちゅうちょ》するシェーシャに、エルドラドが告げる。

「今の俺にとってなにより大事なのは、家族だ。ここで家族を守って穏やかに暮らせれば、それでいい。復讐したいと思わないと言ったら嘘になるが……、だが、家族を放り出してヴァースというその方術使いを追おうとは思わない」

「……エルド」

もしかしたらエルドラドは敵討ちを考えるのではと思った自分を、ノアは恥じた。

エルドラドは、なによりも自分とリドのことを大切に想ってくれているのだ――……。

「……俺の逆鱗を使ってくれ。シェーシャ殿がそうしてくれれば、間接的にだが俺も母の仇を取れる」

「エルドラド殿……。……分かりました」

エルドラドの覚悟を受けとめたシェーシャが、強く頷く。

「ヴァースを倒したら、エルドラド殿の逆鱗はお返しすると約束致します」

「ああ、頼む」

小さく頷き返したエルドラドが、首に巻いていたルガトゥルを取ってノアに手渡してきた。

「ノア、これを。預かっていてくれ」

「……っ」

本当にいいのだろうか、別の方法はないのだろうかと思いながら震える手でそれを受け取ったノアに、エルドラドが微笑む。

「大丈夫だ。お前はなにも心配するな」

「エルド、でも……」

言いかけたノアの頭を優しく引き寄せたエルドラドが、身を屈《かが》めて額にくちづけを落とす。サリ、と触れて離れていった深紅の鱗に、ノアはぎゅっと唇を引き結んだ。

「……取ってくれ」

シェーシャに向き直ったエルドラドが顎を上げて喉元を晒す。

青い鱗に覆われた指先が、エルドラドの深紅の逆鱗に触れようとした、——その刹那。

「ノノ……！」

突然、その場にリドが飛び込んでくる。

転がるようにして走ってきたリドを、ノアは驚いて抱きとめた。

「リド！　どうしたの？」

「……その子は？」

スッとエルドラドから手を引いたシェーシャが、じっとリドを見て尋ねる。リドに歩み寄ったエルドラドが、床に片膝をついて手短に説明した。

「俺とノアの子供だ。逆鱗の力で授かった。……リド、どうした？　ララァと遊んでいたんじゃなかったのか？」

「ちち……っ、ノノぉ……！」

しかしリドは、エルドラドとノアの顔を見た途端、顔をくしゃくしゃにして泣き出す。わぁわぁと声を上げて泣き喚《わめ》くリドに、ノアは困り果ててしまった。

「リド、泣いてたら分からないよ。……なにかあったのかな？」

ぽんぽんと、抱きしめたリドの背を叩いてなだめつつエルドラドに問いかけたノアだったが、その時、リドを追いかけてララァが駆け込んできた。

「ララァちゃん！」

「お兄ちゃん、たすけて！　ママが……！　ママが！」

「っ、義姉さんになにかあったの!?」

まだ臨月ではないが、ミランは身重の体だ。

ララァの言葉に顔色を変えて、ノアはリドをエルドラドに預けた。

「エルド、リドをお願い！　オレ、様子を見てくる……！」

「分かった。シェーシャ殿、すまないがこの話は日を改めて……」

断りを入れようとしたエルドラドだったが、頷いたシェーシャは思いがけないことを言い出す。

「ええ、そうしましょう。……その際は是非、エルドラド殿ではなく、そちらのリドくんの逆鱗を借り受けたい」

「え……？」

駆け出そうとしていたノアは、驚いてシェーシャを見やった。

「リドの……？　で、でもリドに逆鱗は……」

「今はなくともいずれ、おそらくもう間もなく、この子は竜人としての力が覚醒するはずです。そしてこの子は、桁外れに強い力の持ち主だ。……そうでしょう、エルドラド殿？」

問われたエルドラドが黙り込む。一言も発しないエルドラドに、ノアは不安を覚えて問いかけた。

「エルド、どういうこと？　リドが強い力の持ち主って……」

「………………」

しかしエルドラドは、ノアの問いには答えず、シエーシャを見つめて言った。

「……リドの逆鱗はやれない。この子の力は、万が一にも悪用されてはならない類《たぐい》のものだ」

「だからこそ言っているのです。もしあなたが私に逆鱗を預けた後、この子がヴァースに狙われてしまったら？　逆鱗を失ったあなたが、この子を守りきれますか？」

シエーシャの言葉に、エルドラドがわずかに瞳を揺らす。

「……シエーシャ殿がヴァースを倒せばいい話だ」

「確実に倒すには、より強い力を秘めた逆鱗を使うべきだと、私は思います。リドくんの力は、あなたよりも強い」

「リドの力はまだ目覚めてもいない……！」

大声を上げたエルドラドに、リドが一瞬びくっと震えた後、火がついたように泣き出す。お兄ちゃん、とおずおずとララァに袖を引かれて、ノアは二人に告げた。

「……っ、とりあえず、話は後で。今は義姉さんのことが先です……！」

「ノア……。ああ、そうだな」

すまない、と謝ったエルドラドに首を横に振って、ノアはララァと共に駆け出した。

一欠片《ひとかけら》もなかったはずの不安が、胸のうちで重苦しく膨れ上がっていく。

今にも押し潰されそうなその不安に、ノアはぎゅっと唇を引き結んだ――。

サラサラと流れる小川の真ん中で、リドが歓声を上げる。ぱちゃっと小さな両手を突っ込んでは水を跳ね上げているところを見るに、どうやら小魚を捕まえようとしているようだ。

「ノノ！」

流れてきた葉っぱを摑んで、嬉《うれ》しそうに掲げて見せるリドに、川岸に腰かけたノアは精一杯笑みを浮かべて言った。

「……すべらないように気をつけるんだよ」

「ん！」

頷いたリドが、再び魚を捕まえようと座り込み、まんまるに目を見開いて狙いだす。じっとそれを見つめるノアの横で、同じく川岸に腰を下ろしたエルドラドが切り出した。

「……黙っていてすまなかった」

ノアの元にシェーシャが尋ねてきた翌日、二人はリドを連れてまた森の小川へと来ていた。

幸いミランは少し気分が悪くなっただけとのことだった。うずくまったところを見たリドとララァが、慌ててノアに助けを求めたという経緯だったらしい。

すぐに医者を呼んだノアだったが、診断でも大事には至らないとのことだったので、念のためしばらく安静にしていることになった。かえって迷惑をかけてごめんねと謝っていたミランには、森から帰ってきたラジャがついていてくれている。

ノアに何度も礼を言ったラジャは、シェーシャの話をしたノアに少し考え込みつつ助言してくれた。

『なんにせよ、まずはエルドラドとよく話し合うことだな。あいつはお前に秘密にしていることが多すぎる』

夫婦なんだから一度ガツンと怒ってやれ、と言っていたラジャを思い出していると、エルドラドがそっと聞いてくる。

「……怒っているか？」

しゅん、と目に見えて鱗の色を陰らせているエルドラドに、ノアは少し考えて、首を横に振った。

「怒ってないよ。だってどっちも、エルドがオレたちのこと考えて黙ってたことなんだろうし」

兄には甘いと怒られるかもしれないが、それでも自分たちのことを思って、今まで一人で悩み苦しんでいただろうエルドラドを責める気にはなれない。

ノアは膝を抱えると、エルドラドをじっと見つめて言った。

「でも、こういうことになった以上、ちゃんと全部教えてほしい。昨日はちゃんと聞く暇もなかったけど、リドの力が普通じゃないってどういうこと？」

昨日エルドラドはシェーシャに、リドの力は万が一にも悪用されてはならない類のものだと言っていた。単に強い力というだけの話ではない気がする。

「シェーシャさんは、リドはエルドよりも強いみたいなこと言ってたけど……、あれは本当のことなの？」

キャアキャアと小魚を追いかけて遊ぶリドは、とてもそんな強い力を秘めているようには見えない。確かに角や尻尾はあるし、肌のところどころに赤い鱗もあるが、それ以外は村の子供たちとなにも変わらないのだ。

本当にリドにそんな力があるのかと首を傾げたノアに、エルドラドが難しい顔つきで唸る。

「実際にリドの竜人としての力が覚醒しなければ確かなことは言えないが……、だが、リドが並外れた力の持ち主であることは、まず間違いない。俺より強い力というのも、おそらくその通りだろう」

「……っ、エルドより……」

ノアがリドを妊娠していることが分かった時、キースはエルドラドほどの力であれば、男同士の妊娠もあり得ないことではないと言っていた。はっきりと聞いたことはないけれど、おそらくエルドラドは竜人族の中でも相当強い力の持ち主のはずだ。

そのエルドラドよりも強い力を、リドが持っている——。

「……リドが普通の子ではないことは、生まれてすぐに気づいていた。キースもそれに気づいていて、それもあって定期的にリドの様子を見に来てくれていたんだ」

人間には分からないが、竜人には分かるなにかがあるのだろう。はしゃぐリドからノアに視線を移して、エルドラドが続ける。

「お前にも、いつか話さなければと思っていた。だが、リドの力はあまりにも普通ではなくてな。だから機会を見極めていた」

「……そうだったんだ」

エルドラドがそこまで言うのだ。リドは本当に並外れた力の持ち主なのだろう。

ノアは俯《うつむ》いて呟いた。

「でも、なんでリドが……？　やっぱり、逆鱗の力で生まれた子だからなの？」

リドは生まれからして普通ではない。だからなのだろうかと思ったノアに、エルドラドが問いかけてくる。

「……ノア、以前俺が話した、竜人族に伝わる古い言い伝えを覚えているか？」

「言い伝え……？」

なんだったっけ、と記憶を辿《たど》るノアに、エルドラドが厳かに唱える。

「異邦の者より生まれし黄金の星持つ竜が、新たな暁《あかつき》をもたらす……」

「あ……、うん。確か、竜人族以外から生まれた竜人が王になるっていう……、……っ」

思い出して答えたノアは、途中でまさかと目を瞠《みは》った。

竜人族以外から生まれた、竜人。

それはまさに――。

「……俺は、リドがその暁をもたらす王かもしれないと思っている」

「ちょ……っ、ちょっと待って、王って……っ」

突拍子もない話に、ノアは慌ててエルドラドを制止した。ノアの声が聞こえたのだろう。小石と棒きれを持ったリドが、きょとんとこちらを見る。

なんでもないよと笑いかけて、リドがまた遊び出すのをしばらく見守ってから、ノアはエルドラドに視線を戻した。声を落として聞く。

「……いくらなんでも、そんなことあるわけないよね？　だってエルドだって、古い伝承だって言ってたじゃない」

たとえ生まれが当てはまるからと言って、そんな古い言い伝えの王がリドだなんて、到底信じられない。眉をひそめたノアに、エルドラドが唸る。

「俺もこれまでは、まさかそんなはずはないだろうと思っていた。確かに伝承のことは頭をよぎっていたし、キースからももしかしたらと言われていたが、そんなお伽噺《とぎばなし》は信じられないと。……だが、シェーシャのあの反応を見て、考えが変わった」

リドを一目見た途端、シェーシャはエルドラドではなく、リドの逆鱗を借り受けたいと言った。まだ逆鱗もない幼子にもかかわらず、その力はエルドラド以上だと断言した――。

「今は逆鱗はないが、シェーシャもまた、俺と同等に力の強い竜人だ。その彼がああ言うということは、リドが伝承の王になる竜人という可能性も否定はできない」

「で……、でも、王って……」

まだたった三歳の我が子が、いずれ竜人族をまとめ上げる王となると言われても、話が大きすぎて急には理解ができない。俯き、どうにか動揺を堪《こら》えようとしたノアだったが、その時、大きな手がそっとノアの手を包み込んできた。

「ノア」

顔を上げたノアに、エルドラドが落ち着いた低い声で語りかける。

「伝承の王とは言ったが、リドの将来がどうなるかなんて、まだ誰にも分からない。たとえこの先リドの逆鱗が現れ、そこに『黄金の星』が宿っていたとしても、だからと言って自動的に王になるわけではない。だが、リドがいずれ計り知れないほど大きな力を持つことはほぼ確実で、その力をどう使うかを教え、導くのは、俺たち親の責任だ」

「……うん」

冷静なその言葉にハッとして、ノアは表情を改め、大きく頷いた。

確かに、エルドラドの言う通りだ。

いくら伝承に近い生まれや力を持っていたとしても、リドがどんな竜人に育つか、まだ決まったわけではない。

リドがこの先どんな大人になるか、その将来に、自分たち親は大きな責任を負っている——。

唇を引き結んだノアを見つめて、エルドラドが続ける。

「確かに、逆鱗をシェーシャ殿に預ければ、リドが危険な目に遭うことはないだろう。だが、万が一彼がヴァースに負け、逆鱗が敵の手に渡ったら……」

「……取り返しのつかないことになる」

エルドラドの言葉の続きを引き取って、ノアは呟いた。そうだ、と頷いて、エルドラドが少し懐かしそうに言う。

「俺の母が、生前よく言っていた。大いなる力には、大いなる責任が伴う、と。他の者よりも大きな力を持って生まれた者は、それだけの覚悟を持って生きていかなければならない、と」

厳しくも優しかったという、エルドラドの母。竜人族の中でも一際強い力を持つ息子を導き、育て上げた彼女の言葉を、ノアは噛《か》みしめた。

「大いなる力には、大いなる責任が伴う……。リドの力に伴う責任は、オレたち親の責任でもある。オレたちも、その覚悟をしないといけない……」

ぐっと表情を改めて呟いたノアに、エルドラドが頷く。

「ああ。俺たちは、リドの親だ。リドがこれから手にするだろう、大きな力にも責任を持たなければいけない。なにが最善か、どうしたらリドを守り、その力を過たず使うことができる者に育てられるか、常に考えなければならない」

「……うん」

さらりとした大きな手を握り返して、ノアは頷いた。

——自分一人だったら、この重圧に耐えられたかどうか分からない。けれど、自分にはエルドラドがいる。

彼と一緒ならきっと、リドを導いていける——。

ぎゅっと、繋《つな》いだ手に力を込めたノアに、エルドラドが告げる。

「……シェーシャには、俺の逆鱗を渡す」

「……っ、それ、は……」

「そうする他ない。……たとえ逆鱗を失っても、それは一時的なことだ。シェーシャはヴァースを倒したら、俺に逆鱗を返すと約束してくれている。その間は不安な思いをさせるかもしれないが、俺は命をかけてお前とリドを守る」

きっぱりと言うエルドラドに、ノアは黙り込んでしまった。

シェーシャが逆鱗を取り戻すことを諦めない以上、他に方法がないことは分かる。ノアの命も、リドの力も危険に晒すわけにいかないと、そう思うエルドラドの気持ちも分かる。けれど。

(本当に……、本当に、他に方法はないんだろうか？　エルドは一時的なものだって言うけど、でも、万が一シェーシャさんが負けたら？　エルドの逆鱗が方術使いの手に渡ったら、きっとリドはもっと危険に晒されることになる……)

一番いいのは、自分が命を失うことなくシェーシャに逆鱗を返すことだ。けれどエルドラドは、それは無理だと言う。

(でも、この先リドを守るためには、エルドの力が絶対に必要だ。エルドが逆鱗を渡すのは、できる限り避けた方がいい)

なにより、大切な者を守るためとはいえ、エルドラドから大切なものを奪いたくはない。

リドもエルドラドも、自分にとっては大切な家族なのだ——……。

「……ノア」

俯いたまま頷こうとしないノアに、エルドラドが言葉を重ねようと口を開いた、——その時だった。

「っ!?」

ぴくっと、なにかに気づいたようにエルドラドが震え、バッと小川の真ん中にいるリドの方へ駆け寄る。

「エルド!?」

「リド!!」

驚いたノアが立ち上がると同時に、エルドラドがリドを抱きしめた。降り注ぐ太陽の下、一瞬でエルドラドの背を覆う鱗がギラリと硬化する。

その刹那、バンッと大きな音がして、エルドラドの背で真っ黒な閃光《せんこう》が弾《はじ》け飛んだ。

「ぐ……!」

呻いたエルドラドが、大きく目を瞠っているリドを強く抱きしめる。二人の向こうに立っている人影に気づいて、ノアは息を呑んだ。

「……っ、え……」

――そこに立っていたのは、異様な風体の人間だった。

真っ黒なマントの裾から覗く服装からすると男のようだが、フードを深く被っていて顔の判別はできない。一言も発することなく、微動だにせず小川の中に佇《たたず》む男の足元はしかし、宙に浮いていた。

エルドラドとリドに向かって突き出されたその腕には、体も目も濃い灰色をした蛇がするりと絡んでいて――。

「ヴァース……？」

まさかと愕然としながらもそうとしか思えず、その名を口にしたノアに、エルドラドが唸る。

「ノア、リドを……！」

その言葉にハッとして、ノアは二人の元に駆け寄った。なにがなんだか分からず茫然としているリドを、エルドラドから受け取る。

「おいで、リド！」

「ノノ？」

緊迫した空気が伝わり、不安になったのだろう。くしゃりと顔を歪《ゆが》めるリドを抱きしめたノアに、エルドラドが短く告げた。

「下がっていろ！」

「うん……！」

先ほどの黒い閃光は、リドを狙ったものだったのだろう。灰色の蛇といい、あの男は逆鱗狩りの方術使い、ヴァースで間違いない。

（まさかこんなところに現れるなんて……！）

リドの強い力を察知したのだろうか。事の次第は分からないが、今はとにかくリドを守らなければならない。

「気をつけて！」

しっかりとリドを抱きしめ、じりじりと後ろに下がったノアは、エルドラドにそう言い、パッと身を翻した。背後でエルドラドが低く唸る。

「お前の相手は俺だ……！」

おそらくヴァースが逃げるノアに追撃しようとして、エルドラドがそれを遮ったのだろう。バンッとまた耳をつんざくような音がして、空気が不自然に揺れる。悪意に満ちた波動に、ノアは悪寒を覚えずにはいられなかった。

「ちち！　ちち……！」

ノアの肩越しにエルドラドを見たリドが、必死に手を伸ばして泣き叫ぶ。バンッ、バンッと激しく鼓膜を打つ衝撃音に青ざめながらも、ノアは後ろを振り返らず、息をとめて一気に川岸へと走った。

「エルド……！」

岸に上がったところで、ハ……ッと肩で息をしてエルドラドを見る。紅の鱗を怒りに燃え上がらせた竜人は、凄《すさ》まじい勢いで方術使いに迫っていた。

「お前が俺の母を……、同胞を殺したのか……！」

「……………」

「答えろ！」

吼《ほ》えるエルドラドに、しかしヴァースは反応らしい反応を一切見せない。ただただエルドラドの猛攻を跳ね返し、隙を狙って黒い矢のような閃光を放ち続けている。

宙に浮いたままエルドラドの攻撃をかわすヴァースの足元ではさざ波が立ち、その白い波が消える前に踏み込んだエルドラドが水飛沫を上げていた。

「ちち……っ！」

幼いリドにも、エルドラドが命がけで戦っていることが分かるのだろう。真っ赤な顔でわぁわぁと泣き出す。

熱いその体をぎゅっと抱きしめて、ノアは必死に言い聞かせた。

「大丈夫……、大丈夫だよ、リド。エルドが負けるはずない……！」

途切れることなく詠唱を続けながら、同時に鋭い爪を閃《ひらめ》かせ、次々と攻撃を繰り出すエルドラドは、怒りに駆られながらも冷静にヴァースの隙を窺っている。エルドラドの赤い閃光を避けるヴァースは、時折反撃するものの、圧倒的に圧《お》されているように見えた。

（これなら、きっと勝てる……！）

　ヴァースさえ倒せば、竜人族は逆鱗狩りを恐れる必要がなくなる。リドへの危険もなくなると、祈るような気持ちで戦いの行方《ゆくえ》を見守っていたノアだったが、そこで異変に気づく。

「リド……？」

　泣き叫ぶリドの体が、どんどん熱くなっているのだ。

　額の角も鱗も、見たこともないくらい深く濃い、紅蓮の色に染まっていて——。

「リド！　落ち着いて、リド！」

　ただ事ではないと感じ取ったノアは、どうしていいか分からず、ぎゅっとリドの小さな体を抱きしめた。しかし、わぁわぁと泣き喚くリドの体はますます熱くなっていく。

「っ、リド……！」

　熱くて熱くて、今にも燃えてしまいそうなその体をとにかく冷やさなければと、ノアは急いで膝をつき、リドを川につけた。

　——と、次の瞬間。

「あぁぁああ！」

　リドの絶叫と共に熱風が巻き起こり、辺りの水が一瞬で蒸発する。ゴオッと渦を巻いたその熱風は、瞬く間に広い川幅を横切り、矢のように素早く、まっすぐヴァースへと向かっていった。

　ドドドッと凄まじい轟音《ごうおん》を上げて襲いかかった熱風が、彼の漆黒のフードを巻き上げ、その顔が露《あらわ》になる。

「……っ！」

チラッと見えたヴァースは、意外なことにひどく若そうな顔立ちをしていた。しかし、目に当たる部分は真っ暗な洞《ほら》のようにぽっかりと空いており、その口は真っ黒な糸のようなものできつく縫いつけられている。

およそ生きている人間とは思えない、異様な様相に息を吞んだノアだったが、その姿はすぐに猛火に包まれて搔き消える。一緒に炎に飲み込まれた蛇の灰色の目が、ギラリと光った。

と同時に、ノアの腕の中でリドがぐったりと力を失う。

「リド⁉　リド‼」

「っ、ノア！　どうした⁉」

目の前で火柱と化したヴァースに愕然としていたエルドラドが、ノアの声に気づき、駆け寄ってくる。ノアはまだ熱いリドの体を抱きしめながら、震える声で告げた。

「リドが……、リドが突然熱くなって、気を失って……っ、こっちだ！」

バッと背中の翼を広げたエルドラドが、ノアごとリドを抱え、水が蒸発していない上流へとひと飛びする。ざぶんと深い場所に飛び込んだエルドラドの腕の中、ノアは必死にリドに水をかけた。

「リド……！　リド、目を開けて！」

リドの頰を伝う水が、徐々に冷たさを取り戻していく。と、その小さな瞼《まぶた》がぴくぴくっと震え、金色の瞳が開かれた。

「ん……、ノノ……？」

「っ、リド！」

意識を取り戻したリドをぎゅうっと抱きしめたノアを抱えて、エルドラドも安堵《あんど》の息を零す。

「よかった……。痛いところはないか、リド。どこか苦しかったり、おかしいところは？」

「ちち？　なあに？」

きょとんとしているリドは、もうすっかり顔色も元通りで、額の角の色も元の鮮やかな紅に戻っている。へぷちっとくしゃみをしたリドに思わずほっとして微笑みかけたノアは、そこで状況を思い出し、慌てて下流を見やった。——しかし。

「……いない」

先ほど確かに火に包まれていたはずのヴァースの姿は、もうそこになかった。それらしい者が倒れているわけでもなく、干上がった川底にちょろちょろとまた水が流れ始めているだけだ。

「どこへ……」

茫然と呟いたノアに、エルドラドが唸る。

「逃げられたな……。まあ、最初から本気で襲ってきたわけではなさそうだったが」

「え……、ど、どういうこと？」

思いがけない一言に驚いたノアだったが、エルドラドは黄金の瞳を眇め、ヴァースがいた場所を睨みながら告げる。

「奴は俺に対してほとんど攻撃をしかけてこなかった……。できなかったんじゃない、意図的に防戦に徹していたんだ。おそらく今日は様子見のつもりだったんだろう」

「様子見って……、じゃあ、また襲ってくるってこと？」

「ああ、必ずな。……さっきの炎は、リドの力だ。感情が高ぶって暴走したんだろう。……リド、ちょっと見せてみろ」

指先でリドの小さな顎を持ち上げたエルドラドが、その喉元を見つめる。キラキラと光る水面の下から現れたのは、これまでリドの喉元にはなかった深紅の逆鱗だった。

エルドラドのそれによく似た逆鱗は、星屑《ほしくず》のような無数の金色の光を内包していて——。

「……っ、これ……」

「……黄金の星持つ竜、か」

竜人族に伝わるあの伝承を呟いたエルドラドが、そっと指を離す。なんのことか分かっていないのだろう、不思議そうにエルドラドを見つめるリドを、ノアは思わずぎゅっと強く抱きしめていた。

(本当に……、本当にリドに、伝承の通りの逆鱗が現れた……)

リドの力を目《ま》の当たりにした今、ただの言い伝えのはずだった伝承が急に現実味を帯びたように感じられる。

この子には本当に計り知れないほど大きな力が具わっている。

そして、それを狙う者がいるのだ――……。

「ノ……」

ノノ、と言いかけたリドが、へっぷち、とまたくしゃみをする。ノアは慌ててエルドラドに頼んだ。

「エルド、岸へ行って。とりあえず服を乾かさないと」

「なら、洞窟まで飛ぼう。……ここにはあまり長居したくない」

辺りを警戒しつつ、エルドラドが飛び立つ。

力強いその腕の中、ノアは小さな小さなリドを強く抱きしめた――。

——風の強い日だった。

ビュウッと吹く横風に、腕に結んだ青いルガトゥルがはためく。思わずよろめきそうになるのを堪えて、ノアは頭を下げた。

「……お待たせしました」

村はずれの、なにもない丘の上。彼が現れたらそこで待つよう伝えてと、ノアはラジャに頼んでいた。

——エルドラドには告げずに。

「いいえ、ノアさん。それで、お話とは？」

フードを取った青い竜人、シェーシャがやわらかな声で穏やかに微笑む。自分の恩人でもある彼の前に立ち、ノアは深呼吸をした。

——リドがヴァースに襲われた、数日後のことだった。

あの日、手早く服を乾かして村に戻った後、エルドラドは改めてノアに自分の逆鱗をシェーシャに渡すと告げた。

『リドの逆鱗をシェーシャに渡すわけにはいかない。だが、あの方術使いはできるだけ早く倒さなければならない……。俺がヴァースを倒せるならそれが一番だが、お前たちのそばから離れることはなるべく避けたい』

だったら戦いはシェーシャに託した方がいいと、そう判断した。そう言うエルドラドに、ノアはもう少し考えさせてほしいと頼んだ。

エルドラドの言うことは分かる。けれど、リドを確実に守るために、他に道がないか考えたい、と。

あれから様子を見ていたけれど、幸いリドは特に体調に異変もなく、元気いっぱいに遊び回っている。だがその喉元には金色の光を内包した深紅の逆鱗があり、リドの竜人としての力が覚醒したことは確かだった。

(今、なにより大事なのは、リドをどうやって守るかだ。リドの逆鱗をヴァースに奪われるわけにはいかない。そのためにはやっぱり、エルドの力が必要だ……）

小川で襲ってきたヴァースは、あえて攻撃をしかけず防戦に徹していたと、エルドラドは言っていた。竜人族の中でも一際強い力を持つ戦士であるエルドラドの本気の攻撃を、あのヴァースは受け流していたのだ。

（ヴァースはそれだけ手強い相手だ……。もし逆鱗を失った状態で襲われたら、エルドだってきっと無事じゃすまない）

リドの逆鱗をシェーシャに渡すわけにはいかない。けれど、リドを守るためには、エルドラドの力を削ぐような真似もできない。

数日間悩みに悩み抜いて、ノアはラジャに、次にシェーシャが現れたらこの丘で待つよう伝えて、自分にこっそり教えてほしいと頼んだ。ラジャにはどうするつもりだと散々聞かれたが、ノアは決して真意を教えず、ちょっと頼みたいことがあるだけだよと言葉を濁していた。

ノアの決意を聞いたら、きっと兄は承知しないだろうと、そう分かっていたから。

――もう一度深呼吸をして、ノアはシェーシャを見上げた。

ぐっと一度唇を引き結び、強い眼差《まなざ》しで告げる。

「……オレからあなたの逆鱗を、取って下さい」

「……ノアさん」

驚いたように、シェーシャが灰色の目を見開く。

青い鱗に覆われたその顔を見つめて、ノアは言った。

「この間、オレたちの前にヴァースが現れました。幸いリドは守れたけど……、でも、ヴァースはとても強かった」

これまで幾人もの竜人を殺してきた方術使いだ。手強《てごわ》いだろうと分かってはいたけれど、実際に目の当たりにした強さは想像を遙かに超えていた。

「あんなに強い相手を一人で倒すなんて、無理です。だからシェーシャさん、どうかオレからあなたの逆鱗を取って、エルドと一緒に戦ってくれませんか？」

「エルドラド殿と……」

ノアの言葉に、シェーシャが目を瞠る。ややあって、彼は難しい顔つきで唸った。

「確かに、二人で立ち向かえばヴァースを倒せる確率は高くなるでしょう。しかし、逆鱗を取り出せばノアさんが……」

「……分かってます」

声を落として、ノアは頷いた。

逆鱗を取り出せば、自分は死ぬ。

でも、自分が逆鱗を持っていても、リドは守れないのだ。

「……このままオレがシェーシャさんの逆鱗を持っていたら、もしかしたらエルドとリドと、ずっと一緒にいられるのかもしれない。竜人の二人とは寿命が違うからって思ってたけど、一緒に年を重ねて、一緒に生きていけるのかもしれない。でも、それはヴァースを倒してこそ見られる夢です」

命の危険がある今、なによりも優先すべきことは、ヴァースを倒すことだ。二人を守るためなら、自分はどうなったっていい。

「オレに逆鱗があっても、ヴァースと戦えるわけじゃない。それならオレの命を使って、二人を守りたい……！」

決意を秘めた強い目でそう訴えたノアに、シェーシャが躊躇う。

「ですが、ノアさんが命を落とせば、運命の対であるエルドラド殿も無事では……」

「……エルドはきっと、大丈夫です」

シェーシャに逆鱗を返すにあたって一番思い悩んだその問いに、ノアは少し躊躇いつつも答えた。

「確かに、エルドはお母さんを亡くした時、竜になりました。でも今は、リドがいます」

自分とエルドラドの、大事な息子。

リドがいればきっと、エルドラドは悲しみから立ち直れる。

きっととても苦しむだろうし、つらい思いもさせるだろうけれど、でもきっとリドを守り、育てるために、耐え抜いてくれる。

（……エルドさえいれば、リドはきっと無事でいる。そしてそれは、エルドも同じだ。リドさえいれば、エルドはきっと大丈夫）

もしかしたらエルドラドには、自分勝手だと怒られるかもしれない。けれどどう考えても、リドを守るにはこれが最善の方法なのだ。

――自分が、命を諦めることが。

「オレはどうしても、どうしてもリドを守りたいんです。きっとエルドはその気持ちを分かってくれるはずだし、乗り越えてくれる。……エルドのお母さんが、そうだったように」

エルドラドの母もまた、運命の対である夫を亡くし、その悲しみ、苦しみを乗り越えている。大切な我が子を守るために、エルドラドもまた運命の対を、自分を失った悲しみを乗り越えてくれる。

自分はそう、信じている。

ぎゅっと拳を握りしめ、強い風に持っていかれそうな足を懸命に踏ん張ってそう言ったノアに、シェーシャが目を伏せ、声を落とす。

「ノアさん……」

数秒間、じっと黙り込んだシェーシャは、やがて顔を上げて頷いた。

「……分かりました。あなたの思い、必ずエルドラド殿にお伝えします」

「……嫌な思いをさせてすみません。よろしくお願いします」

深く頭を下げ、ノアはシェーシャに歩み寄る。

幾度か深呼吸をして、ノアはゆっくりと瞼を下ろした――。

リドの逆鱗をあらためたキースが、うーんと唸る。

「黄金の星、とはよく言ったもんだよなあ。確かにそう見える」

「……これでもまだ、輝きが鈍い方だ。力が覚醒した時は強い光を放っていたからな」

膝の上にリドを乗せたまままそう答えて、エルドラドはふうと肩で息をした。

この日はリドとノアの定期検診の日で、エルドラドは家に訪れたキースに先日の顚末《てんまつ》を話して聞かせたところだった。ノアの恩人が現れ、逆鱗を返すよう迫ってきたと話した時から表情を曇らせ始めたキースだったが、逆鱗狩りのヴァースに襲われ、リドの力が覚醒したと告げた時には黄色い鱗をすっかり青ざめさせていた。

「ちょっと来ないうちに怒濤《どとう》の展開なんだけど」

ついていけないわー、と軽口を叩くキースだが、その目はさすがに笑っていない。

「キーキ、や！」

ずっと顎を上げさせられて疲れたのだろう。むずがるリドにごめんごめんと謝って、キースが手早く残りの診察を終える。

「はい、終わり。まあガルちゃんは特に異常もないみたいだし、逆鱗のことは様子見だな。そういえば、ノアちゃんは？」

「ああ、ノアならさっきラジャに呼ばれて、出かけていった」

どこへと聞いたら、すぐそこだと言っていたから、もう間もなく戻ってくるだろう。

そっか、と頷いたキースが、リドにご褒美兼お土産《みやげ》のオモチャをあげつつエルドラドを気遣う。

「……大丈夫か、エル」

「俺は問題ない。逆鱗を手放すことについても、納得している。……問題はノアだ」

膝の上に座ったままオモチャで遊び始めたリドをあやしつつ、エルドラドは唸った。

「ノアは俺が逆鱗をシェーシャに渡すことについて、未だに賛成してくれない。そうする他ないことが分からないわけではないようなんだが……」

「本人は納得してても、案外周りの方が受け入れられなかったりするからな。……ただ、今回のことに関しては、オレももう少し慎重になってもいいんじゃないかと思う」

幼なじみの意外な助言に、エルドラドは少し驚いた。付き合いの長いキースは、エルドラドがどれだけノアとリドのことを大切に思っているか理解してくれている。たとえ思うところがあったとしても、エルドラドが逆鱗をシェーシャに渡すことは賛成してくれるだろうと思っていた。

「……何故だ?」

なにか理由あってのことなのかと聞いたエルドラドに、キースは珍しく渋い顔つきで言う。

「そのシェーシャのことだ。直接話を聞いたわけじゃないからなんとも言えないけど、そいつ本当に信頼できるのか?」

「それは……」

キースに問われて、エルドラドは返答に詰まってしまった。確かに自分も最初はシェーシャのことを疑った。だがシェーシャの話に怪しいところはなく、彼から嘘をついているような、後ろめたそうな匂いもしなかった。なにより。

「……彼には確かに逆鱗がなかった。傷口も古いものだった」

竜人にとって逆鱗は力の源で、おいそれと手放すわけにはいかないものだ。逆鱗を取る時には激痛を伴うし、ほとんどの竜人は逆鱗を取ることなく一生を終える。

もしノアの恩人の竜人のことを知り、悪意を持って近づこうとしたとしても、恩人になりすますには逆鱗を取らなければならず、そして傷口の新しさは偽れない。

だから彼はノアの恩人のはずだと、そう思いつつも黙り込んだエルドラドに、キースが重ねて言う。

「うーん、でもたまたま同じくらいの時期に逆鱗を失っただけかもしれないし、決定的な証拠とは言えなくないか? それに、もしオレがそいつの立場だったら、自分の逆鱗を取り戻せないならいっそすっぱり諦める。人間の命を奪うなんてもってのほかだし、ましてや他人の逆鱗を借りて戦うなんて、誇り高い竜人のすることじゃない」

それはまあ考え方の違いかもしれないが、と言い足して、キースが続ける。

「なにより、十九年間も逆鱗を取りに来なかったのがあやしい。いくら方術使いを避けるためでも、他人に与えた逆鱗を放置していたらそいつに影響が出ることくらい、考えなくても分かるはずだ。ましてや与えた相手は人間の子供だぞ？　確かに親は善人だったかもしれないけど、その子がどう育つかは分からないだろ。万が一、竜人の力を悪用するような人間に育ったらどうするんだ」

「……大いなる力には、大いなる責任が伴う、か」

母の言葉を思い出して、エルドラドは唸った。

一族の中でも特に力の強い自分は、行動を慎み、考えに考えてから結論を出すようにと言い聞かされて育った。決して一時の感情で力を振るってはならない、自分の力の及ぼす影響を考え、最善の選択をしなければならないと、その母の言葉は今も、自分の指針となっている。

おそらく、自分と同等の力を持つシェーシャも、同じように育てられているはずだ。

そんな者が、稀有な力を持つ逆鱗を十九年間も放置し続けるだろうか――。

考え込んだエルドラドに、キースが更に言う。

「エル、その逆鱗狩りの方術使いと一戦交えて、相当な手練《てだ》れだと感じたんだろう？　そんな相手が、逆鱗のない竜人を十九年間も追いつめられなかったってのも不自然だ。普通ならとっくに殺されてる」

「…………」

「そのシェーシャって奴は、本当にその方術使いに追われてたのか？　どこかでノアちゃんの話を知って、利用しようと近づいてきたんじゃないのか？」

キースの指摘に、エルドラドは唸った。

「……実は一つ、気になっていることがある。ヴァースについてだ」

小川で襲いかかってきた方術使い、ヴァース。あの男は異様な風体をしていた。

「ヴァースの口は、糸のようなもので縫いつけられていた。目も空洞でな。……とても生きている人間とは思えなかった」

「口が糸で？　方術使いなのにか？」

方術を使うには、詠唱が必要だ。先日のリドのように感情が高ぶり、力が暴走したという時は別だが、普通は声を出せなければ、術を使うことはできない。

詠唱せずに術を使うなんて聞いたことないが、と驚くキースに、エルドラドはここ数日ずっと考えていたことを打ち明ける。

「これは確かめなければなんとも言えないが……、もしかしたらヴァースはただの骸《むくろ》で、本体は蛇の方なんじゃないだろうか」

「蛇って……、ヴァースといつも一緒に現れるっていう、灰色の蛇か？」

聞き返すキースに頷いて、エルドラドは唸る。

「あの蛇はどうもただの蛇には思えない。もしかしたら、黒幕が姿を変えたものかもしれない」

「黒幕って……、ちょっと待てよ、エルド。なんでわざわざ蛇に姿を変える必要があるんだ？」

「それは……」

キースの問いかけに考え込みかけて、エルドラドはハッと目を見開いた。

姿を変えるのは、正体を知られたくないからだ。もし黒幕が、竜人を襲っているのは人間の方術使いだと思わせたいのだとしたら、その正体は――。

「……竜人、か？」

浮かんだその可能性に、エルドラドはざわりと背中の鱗を逆立てた。

方術に秀でた竜人なら、蛇に姿を変えるなど造作もないことだ。もしも同胞を裏切って、逆鱗を奪っている竜人がいたとしたら――……？

（……あの蛇は、灰色の瞳をしていた）

どこまでも黒に近い、濃い灰色。

あの色を、自分はつい最近見た覚えがある――。

「……まさか」

込み上げてくる嫌な予感に、エルドラドが大きく目を見開いた、その時だった。

「……ノノ？」

膝の上で遊んでいたリドが、突然呟き、ぽとりとオモチャを取り落とす。ここではない、どこか遠くを見るような目をしたリドに、エルドラドは戸惑いつつ声をかけた。

「リド？　どうしたんだ？」

「っ、ノノ……！」

叫んだリドが、ぴょんとエルドラドの膝から降りるなり駆け出す。慌ててその背を追ったエルドラドは、家の外に走り出たリドをなんとか捕まえた。

「待て、リド！」

「いや！　ノノ！　ノノ……！」

しかしリドはエルドラドの腕を振り切ろうと、めちゃくちゃに暴れ出す。泣き叫ぶリドをとにかく落ち着かせようと、エルドラドがリドを抱きしめた、――次の瞬間。

「……っ、な……!?」

――突如エルドラドの視界いっぱいに、海のような青が広がる。鮮やかなその青は次第に収束していき、一つの鱗を形作った。

青い鱗に覆われた指先が、その鱗をつまむ。

『……どうか、生きて』

優しく穏やかな女性の声に、エルドラドは目を瞠った。

（っ、母上……？）

見間違えるはずもない。それは、十九年前に亡くなった懐かしい母の姿だった。

母の喉元に、あるべきはずの逆鱗は見当たらない。おそらくあれは、母自身の逆鱗なのだろう。

一体なにが起きているのかとエルドラドが驚いている間に、母は自分の逆鱗を弱々しく息をする人間の幼子の口元へと近づける。

白い肌、くるりと癖の強い、やわらかそうな黒髪、優しい薄茶の瞳――。

(あれは、……ノア?)

今よりもずっと幼い姿だが、それは確かに自分の伴侶、ノアその人だった。

幼いノアを腕に抱いた母が、逆鱗をノアに飲み込ませる。こくりと小さな喉が鳴ったのを見届けて、母はふんわりと微笑んだ。

『よかった。これできっと、大丈夫』

(まさか……)

まさか、ノアに逆鱗を与えた青い鱗の竜人の正体は――。

愕然とするエルドラドの視界が、今度は真っ赤に染まる。

急速に収束していく濃い、深いその赤の正体に気づいた時、エルドラドは愕然とした。

その赤は、――血は、つい先ほどまでノアを抱いて微笑んでいたはずの母の胸元からとめどなく流れていたのだ。

(母上!)

『うぅ……っ!』

苦悶《くもん》の声を上げた母の心臓には、黒い閃光が突き刺さっている。ず、と嫌な音を立てて抜けた鋭い矢のようなその閃光は、空気に溶けるように霧散して消えた。

力を失った母が、がくりとその場に膝をつく。その前には、漆黒のフードを深く被ったヴァースが立っていて――。

『……逆鱗が、ない……?』

聞き覚えのある、しかし知っているそれよりもずっと冷たい声は、ヴァースの腕に巻きついた蛇の口から漏れ出ていた。

濃い灰色の瞳がギラリと怒りに燃えた途端、ゆらりとその場の空気が歪み、蛇の姿が掻き消える。代わりに姿を現したのは、すらりと背の高い竜人だった。

青いはずの鱗は、黒に近い、濃い灰色で――。

(シェーシャ……！　っ、鱗の色を方術で変えていたのか……！)

おそらくこの灰色こそが、彼本来の鱗の色なのだろう。同じ色の瞳をぎらつかせたシェーシャが、エルドラドの母の頭をわし掴みにして問いただす。

『答えろ！　お前の逆鱗はどこだ……！』

(やめろ！)

叫んだはずの声は、しかしまるで響くことはなかった。伸ばしたはずの手もぴくりとも動かず、エルドラドは悔しさに歯噛みする。

(……これは、過去なのか)

おそらく自分は今、十九年前に起きた出来事を見ているのだろう。そしてそれを自分に見せているのははきっと、ノアから受け継がれ、リドの中に流れる母の力だ――。

『……っ、あなたに、私の力は渡さない……』

かすれた声の母は、しかし毅然《きぜん》とシェーシャを睨んでいた。

『あなたの目的は、決して果たされない……！』

『うるさい！』

叫んだシェーシャが、母の胸をもう一度貫く。

(母上！)

響かぬ絶叫の中、海のように鮮やかな青い竜人はゆっくりと地面に倒れ込んだ。

その姿には目もくれず、シェーシャがぶつぶつと呟く。

『探さなければ……、こいつの逆鱗があれば、きっと……』

ゆらり、とまた空気が揺らいで、シェーシャとヴァースの姿が掻き消える。

残された青い竜人が、かすかな声で呟いた。

『エルドラド……』

（母上……、母上！）

取り戻せない過去と、届かない声と知りながらも叫ばずにはいられず、エルドラドは何度も吼える。

（お願いです、母上！　どうか、どうか……！）

『……あなたと、もう一度……、……海に……』

（母上……！）

絶叫と共に、ぐにゃりと視界が歪み、見慣れた村の景色が戻ってくる——……。

「……っ！」

目を見開いたエルドラドは、ハ……ッと荒く息を切らせ、茫然と呟いた。

「母上……」

長く感じたが、おそらく一瞬の出来事だったのだろう。エルドラドの腕の中では、リドが泣き叫んでいた。

「ノノ！　ノノ……！」

「……っ」

悲痛なその声に、エルドラドはザワリと全身の鱗を逆立てた。

今、自分が見た過去の幻は、リドの力に因《よ》るものだ。

そのリドが、ノアの名をこんなにも必死に呼んでいる——……。

（……っ、まさか、ノアの身になにか……）

幼い我が子が、秘められたその大きな力でノアの危機を感じ取っているのではないか。一体なにが起きているのかとエルドラドが焦燥を覚えた、その時だった。

「エル！」

二人を追って、キースが家から飛び出してくる。と同時に、道の向こうから驚いた様子でラジャが走り寄ってきた。

「どうしたんだ、エルドラド！　リドは……」

「ラジャ！　ノアはどこだ！」

開口一番、荒々しい剣幕で怒鳴ったエルドラドに、ラジャが目を瞠りつつ答える。

「あ、ああ、そのことで来たんだ。実はノアから口止めされてたんだが……」

——ビュウッと、強い風が吹く。

エルドラドの首元で、白いルガトゥルがはためいた——。


——大丈夫。

自分に言い聞かせながら、ノアは深呼吸を繰り返した。

たとえ自分がいなくなっても、エルドラドがしっかりリドを守ってくれる。

エルドラドさえいれば、リドはきっと立派な竜人になる——……。

「……お願いします」

彼が狙いやすよう、顎を上げて胸元を晒す。

歩み寄ってくる青い竜人にすべてを委ねようと瞼を下ろしかけて——、ぴくりと、その肩が跳ねた。

「っ？」

「どうしました？」

目を見開いたノアに、シェーシャが怪訝《けげん》そうな顔をする。

「今……、なにか聞こえた気が……」

誰かが自分を呼んでいたような気がする。

きょろきょろと辺りを見回すノアを見て、シェーシャがやわらかな声で言った。

「……風の音では？」

「そう……、かもしれないけど……」

だがなにか、引っかかる。

なんだろうと気にするノアだったが、そこでシェーシャがノアの腕を摑んで言った。

「気にする必要はないでしょう。あなたはどうせもう、死ぬんですから」

「……シェーシャさん？」

先ほどまでとはまるで違う、優しさの欠片もない言葉に、ノアは戸惑った。仰ぎ見たシェーシャの瞳に、思わず身を強ばらせる。

黒に近い、濃い灰色。

どこまでも冷たく、温度のないその瞳は、ただじっと、獲物を見定める蛇のようにじっとノアを見つめていて――。

「あ、の……」

どうしてか嫌な感覚がして、たじろいで一歩後ずさりかけたノアだったが、摑まれた腕をぐいっと引き寄せられ、阻まれてしまう。強い力に驚き、自分を摑むシェーシャの手を見やったノアは、そこで息を吞んだ。

「……っ」

自分に触れている部分の彼の鱗が、青ではなく灰色に変化していたのだ。

今のシェーシャの瞳と同じく無機質で冷たい、まるで永久に溶けることのない凍土のような、濃い灰色の鱗に――。

「なん、で……」

「……浄化の力まで具わっているのか、忌々《いまいま》しい」

チッと舌打ちしたシェーシャが、ノアの目の前でその姿を変える。ザアアッと一つ一つの鱗が逆立ったと思った途端、まるで表裏がひっくり返るようにその色が塗り変わっていく。

海のような青とはまるで異なる、濃い灰色をした鱗に、ノアは愕然と目を瞠った。

「な……！」

「だが、これほどの力ならきっと……」

温度のない声で呟いたシェーシャが、空いている手をノアへと伸ばす。

その大きな手のひらに生じた真っ黒な闇に、ノアは大きく目を瞠った。

（っ、なんで……）

なにが起きているのか、どうしてシェーシャの鱗の色が突然変わったのか、まるで分からない。

けれど、彼は危険だと体の中でなにかがそう告げている。

彼に命を奪われてはならない。

この竜人に逆鱗を渡してはならない――……！

「は、なせ……っ！」

近づいてくる闇から逃れようと、ノアは身をよじった。暴れ出したノアに、シェーシャが煩《わずら》わしそうに目を眇《すが》める。

「無駄なことを……、……っ」

と、その時、ノアが伸ばした手がシェーシャのルガトゥルに引っかかり、彼の首元が露になる。キラリと光った、そこにないはずのものに、ノアは大きく目を見開いた。

「逆鱗!?　なんで……」

シェーシャの逆鱗は、自分の中にあるのではなかったのか。何故彼に逆鱗があるのかと驚くノアにチッと舌打ちしたシェーシャが、色のない声で淡々と告げる。

「理由などどうでもいいことだろう。お前はもう死ぬんだ」

「……っ、シェーシャ、さ……」

「あの赤い竜人の力を削いでからにしようと思っていた

いたが、お前の逆鱗が直接手に入るのならそれに越したことはない。万が一失敗しても、あの子供の逆鱗を奪えば私の目的は果たされる……」

「子供、って……」

まさかシェーシャは、リドの逆鱗を奪うつもりなのか。

一瞬大きく目を瞠ったノアは、腹の底がカッと燃え上がるような怒りにシェーシャを睨んで唸った。

「そんなこと、させない……！　リドに手出しはさせない……！」

「…………」

「リドの命は、逆鱗は、誰にも奪わせない……！」

目の前のこの男が、自分の息子を殺そうとしている。そう思っただけで腸《はらわた》が煮えくり返りそうなほど熱くて、到底平常心など保てなくて、ノアはめちゃくちゃに暴れ回った。自分を摑む大きな手を引っかき、その腕に嚙みつき、足を振り回して硬い鱗に覆われたシェーシャの体を蹴る。

「離せ！　離せよ、このバケモノ！」

「……人間風情が。だが、それもすぐに終わる……」

不快そうに吐き捨てたシェーシャが、暴れるノアを強く引き寄せる。闇を生じさせた手の平をノアの胸元に近づけ、シェーシャが詠唱を口にしかけた、──次の刹那。

「ノア……ッ！」

高い空から絶叫が響いたと同時に、光の矢が宙を切り裂く。まっすぐシェーシャめがけて飛んできたその光は、深い紅に染まっていて──。

「エルド！　っ、あ！」

「……ッ！」

叫んだノアを突き飛ばすようにして、シェーシャが思い切り後ろに跳びすさる。よろめいて後ろに倒れかけたノアの背は、トン、と長い腕に抱き留められていた。

「無事か、ノア」

「エルド……！」

振り返った先、深紅の鱗に覆われたエルドラドの姿に、ノアは心底ほっとして頷いた。

「うん……！　うん、大丈夫！　ありがとう、エルド！」

「……後で説教だからな」

釘《くぎ》を刺されたノアがウッと怯《ひる》んだところで、空からもう一人の竜人が舞い降りてくる。鮮やかな黄色の竜人は、少し息を荒らげてエルドラドに文句を言った。

「っ、早いって、エル！　丘って言ってもどこかオレには分かんないんだから、置いてくなよ！」

「キース！」

「や、ノアちゃん。無事だね。ラジャからここだって聞いてさ」

よかった、と目を細めたキースが、スッとその視線をシェーシャに移す。

濃い灰色の竜人は、まっすぐエルドラドを睨み据えたまま、スッとその手で空《くう》を薙《な》ぎ払った。と、ゆらりとその空間が歪み、真っ黒なフードを深く被った小柄な男、ヴァースが現れる。

「あれが、シェーシャとヴァースか……」

呟いたキースに、エルドラドが頷く。

「やはりシェーシャが黒幕のようだな。ヴァースはおそらく人間の死体……、シェーシャの操り人形だろう」

「……っ、どういうこと……？」

二人の会話についていけず混乱したノアに、エルドラドがシェーシャから視線を離さないまま、手短に説明する。

「あいつはお前の逆鱗を狙って、自分が青い竜人だと偽っていたんだ。だが、シェーシャこそが逆鱗狩りの犯人だった……。あいつはヴァースを操り、同胞を殺していたんだ」

「え……」

「俺の母も奴に殺された。……ノア、お前の中にある逆鱗は、俺の母の逆鱗を手に入れるため、俺の母のものだ。奴は俺の母の逆鱗を手に入れるため、お前を狙っていたんだ……！」


エルドラドの黄金の瞳が、怒りに煮え滾《たぎ》る。今にも沸騰しそうなその瞳を、ノアは茫然と見つめた。

（シェーシャさんが……、ううん、シェーシャが、逆鱗狩りの犯人……。オレを助けてくれたのは、エルドのお母さんだった……）

どうしてエルドラドがそれを知ったのか、誰がそれをエルドラドに教えたのかは分からない。けれど、エルドラドはなんの確信もなくこんなことを言わない。

だから彼がそう言うのなら、それは事実だ。

「オレの命を助けてくれたのは、エルドのお母さんだった……」

思わずじっと自分の手を見て呟いたノアに、エルドラドがああ、と頷いて言う。

「……下がっていろ、ノア。キースから離れるな」

グルルッと喉奥で低く唸ったエルドラドが、白刃のようなその牙を剝《む》いてシェーシャに襲いかかる。深紅の鱗を煌めかせ、凄まじい勢いで飛びかかったエルドラドに、シェーシャがすかさず防御の呪《じゅ》を唱えた。

「……っ！」

ドォンッと二人の力がぶつかり合い、大きく空気が揺れる。強い風すら吹き飛ばすようなその衝撃に、ノアは思わず強く目を瞑《つぶ》った。

「邪魔をするな……！」

カッと目を見開いたシェーシャが、憤怒の形相《ぎょうそう》でエルドラドに迫る。瞬時に硬化したエルドラドの鱗がシェーシャの鋭い爪を弾き、二人の間に小さな火花がいくつも散った。

「っ、エルド……！」

「ノアちゃん、こっちに！」

　あらかじめエルドラドに頼まれていたのだろう。キースがノアに下がるよう促す。ノアは今すぐエルドラドの元に駆け寄って加勢したいのを堪えて、キースの指示通り後ろに下がった。

　武器も持たない人間の自分が戦いに臨んだところで、攻撃の的になってエルドラドの負担を増やすだけなのは目に見えている。エルドラドが今なんのために、誰を守るために戦っているのか、それを考えたら、とても彼の足かせになるような真似はできなかった。

「キース、リドは……」

「今ラジャが見てる。絶対こっちに来るなって言ってあるから大丈夫だ」

　心配するなと言うキースの視線は、戦い続けている二人に注がれている。

　獣のような唸り声を上げて襲いかかるシェーシャの鋭い一閃を、エルドラドがすんでのところで避け、反撃に打って出る。紅の光の矢がシェーシャの頬を掠め、ビッと宙に赤い滴が舞った。不愉快そうに顔を歪めたシェーシャが放った拳を、エルドラドが肘で薙ぎ払い、反対の爪を閃かせる。

「行け、エル！　っ、くそ、あいつ結構強いな！　エルが苦戦するなんて……！」

「……キース、なにか変だ」

　戦いの行方を注視するキースの横で、ノアはふと違和感に気づく。先ほどまでシェーシャのそばにいたはずのヴァースの姿が見あたらないのだ。

（それに、シェーシャにはもう自分の逆鱗があるはずなのに、エルドと戦い始めてからまだ一度も方術を使ってない……）

　もしかして、とノアが気づいた、――その刹那。

「……っ、あ……！」

「ノアちゃん！」

ゆらり、とノアの背後の空間が歪み、真っ黒なマントを纏《まと》った男が姿を現す。しまった、と思った途端、手首に冷たい指がするりと絡みついてきて、ノアは咄嗟《とっさ》に後ろを振り返り、無我夢中で男を蹴り上げた。

「く……！」

しかしノアの足は空を切り、なんの手応えもなく空振りに終わってしまう。よろめいたノアに駆け寄ってきたキースが、その鋭い爪を閃かせてヴァースに突っ込んでいった。

「この……ッ！」

ノアから手を離したヴァースが、素早く後ろに飛びすさってキースの攻撃をかわす。

組み合うシェーシャが呪を唱えたのだろう、エルドラドが叫んだ。

「気をつけろ、キース！」

「分かって、……っ！」

しかし、答えている途中で、無数の真っ黒な矢がキースに降り注ぐ。咄嗟に腕を上げ、鱗を硬化させて跳ね返そうとしたキースだったが、防ぎきれなかった矢が幾本か彼の腕に突き刺さった。

「これくらい……！　……っ」

すぐに矢を引き抜き、反撃しようとしたキースが、かくりとその場に膝をつく。見れば、矢が刺さっていた箇所が青黒く変色していた。

「くそ……っ、毒、か……っ」

「キース！」

苦しげに呻いて倒れ込んだキースを助け起こそうと、ノアは彼に駆け寄った。——しかし。

「っ、あ……！」

キースへと伸ばしたその腕が、冷たい手に摑み上げられる。ぐいっと引き寄せられたノアは、首元に回された手に大きく目を見開いた。

「く……！」

「ノア！」

ヴァースに首を掴まれたノアを見て、エルドラドが叫ぶ。その一瞬の隙を見逃さず、シェーシャがエルドラドにありったけの力をぶつけた。

「くらえ……！」

「……っ、ぐ……！」

禍々《まがまが》しい闇の塊を腹に受けたエルドラドがよろめいたところで、シェーシャが続けざまに幾度も呪を放つ。苦悶の表情を浮かべたエルドラドは、最後にドンッと強力な一撃をくらって、勢いよく後ろに吹っ飛んだ。

大きな岩に勢いよく背中からぶつかったエルドラドが、苦しげに呻く。

「く……、ノ、ア……！」

どうにか身を起こそうともがくエルドラドだが、どこもかしこも傷だらけで、意識を保っているのがやっとという様子だ。

息を荒らげ、震える手を懸命にこちらに伸ばすエルドラドに、ノアは呻いた。

「エル、ド……ッ！」

今すぐ助けに駆け寄りたいのに、ヴァースに首を掴まれていて身動きすらままならない。決して大きくはないその手はしかし、操られているためかひどく力が強く、そして氷のように冷たかった。

（そうだ、この人……）

その冷たさに、ノアはハッとする。

どういう事情かは分からないが、このヴァースだって本当はシェーシャの被害者なのだ。生前の彼がどんな人だったのか、シェーシャとどんな関係だったのかは知る由《よし》もないが、彼は逆鱗狩りの犯人に仕立て上げられ、骸を悪事に使われている——。

「……逆鱗を寄越せ」
ハ、と息を整えたシェーシャが、ゆっくりとノアに歩み寄ってくる。強い風に灰色のルガトゥルをはためかせた彼の瞳は、ギラギラと獣のような光を放っていた。

「それは、私のもの……。それを使って、今度こそ私は……」

濃い灰色の瞳の奥に、狂気が渦巻く。ノアはその目をしっかりと睨み据えて言った。

「……許さない」

今までどれだけの竜人がシェーシャに苦しめられてきたか。

殺され、逆鱗を奪われた者だけではない。一人の命が失われることで、その一人を大切に思う多くの者が計り知れないほどの悲しみを、苦しみを味わわされてきたのだ。

それを思ったら、到底シェーシャを許すことなどできなかった。

「たとえどんな理由があろうと、お前のしていることは間違ってる……！　オレはお前を、お前のしていることを、絶対に認めない！」

「黙れ、人間風情めが……！」

カッと目を見開いたシェーシャが、ノアの服をぐいっと摑んで自分の方に引き寄せる。

「大いなる力は、使ってこそその価値がある……！　それが分からないお前に、逆鱗などあっても無駄だ！」

「っ、それでも、この逆鱗はお前のものじゃない！」

間近に迫るシェーシャに、ノアは嚙みつかんばかりの勢いで叫び返した。

「この逆鱗は、お前が使っていいものじゃない！　お前に逆鱗は渡さない……！」

ノアが力の限り叫んだ、――その時だった。

ぶわりと体の中から、抑えようのないなにかが一気に溢《あふ》れ出ていくような錯覚を覚える。

それはまるで大きな波のように目の前のシェーシ

ャとヴァースを飲み込み、倒れたキースとエルドラドの方まで勢いよく押し寄せていって――。

「……っ、え……」

目に見えない、しかし確実にそこに『在る』なにかに包み込まれた途端、自分の喉を摑むヴァースの様子が一変して、ノアは驚いた。

黒いマントのフードが取れ、土気色だった頰に赤みが差す。縫いつけられていた口も、空洞だった目もごく普通の人間のものへと変化し、そこに現れたのは――。

「お……、女の、人……?」

「シェーシャ……！」

ふ、と喉元から手が離れ、驚きつつその場に尻餅をついたノアの目の前で、シェーシャがそう叫んで彼女に駆け寄る。

「シェーシャって……」

何故自分の名を、と混乱したノアをよそに、シェーシャは女性の体を抱きとめて幾度もその名を呼んだ。

「シェーシャ！　シェーシャ、生き返ったのか!?　シェーシャ……！」

呼びかけに、女性がふ……、と目を開く。

その美しい青緑色の瞳を覗き込んだ灰色の竜人が、安心したようにほっと微笑みかけた――、その、次の瞬間。

「……っ、シェーシャ！」

ぼろぼろと、まるで燃えつきた木片のように彼女の体が崩れ出す。急速に白い灰となっていく女性に、彼が叫んだ。

「駄目だ……！　駄目だ、逝くな、シェーシャ！」

と、その時、女性が強ばる手を必死に伸ばす。

震える指先が灰色の鱗に触れたその瞬間、彼女の唇から、彼の本当の名が零れ落ちた。

「ヴァース……」

「っ、シェーシャ……」

ぼろぼろぼろ、とその指先が、腕が、唇が、瞳が崩れる。ビュウッと吹いた強い風が、ヴァースの手の中から白い灰をさらっていった。

「今、の……」

茫然と二人を見ていたノアの元に、翼を羽ばたかせたエルドラドが舞い降りる。

「……どうやらお前の力が彼女を元の姿に戻し、そして消滅させたらしいな」

「エルド！　大丈夫？」

差し伸べられた手に摑まりながら立ち上がったノアだが、エルドラドの美しい紅の鱗はもう元通りで、全身に負っていた傷も治っている。一体どうして、と驚いたノアに、エルドラドが告げた。

「溢れたお前の力のおかげで、傷がすべて治ったんだ。もうなんともない」

「オレも、ノアちゃんのおかげで命拾いしたよ」

飛んできたキースが、翼をしまってエルドラドに並び立つ。彼が受けた毒も、どうやら消え去ったらしい。

「よかった……」

「ああ、ありがとう、ノア。……だが、まだ終わっていない」

礼を言ったエルドラドが、す、とノアを背に庇うようにして立つ。その視線の先には、愕然と虚空を見つめる灰色の竜人、ヴァースの姿があった。

「……逆鱗を」

ぽつり、とヴァースが呟く。

ゆらりと立ち上がった彼は、懐《ふところ》から小さな袋を取り出した。バラバラと手の平にあけられた中身に、ノアは思わず息を吞む。

「あれ、は……」

それは、色とりどりの鱗――、逆鱗だったのだ。

おそらく彼が今まで殺し、奪ってきた竜人たちのものなのだろう。

　ヴァースはそれらをじっと見つめると、おもむろに手を口にやった。そして。

「っ、あ……！」

　声を上げたノアをよそに、ヴァースが一気にそれらを飲み込む。パキリ、と噛み砕かれた数枚が、キラキラと陽光に煌めきながら地面に落ちていった。

「逆鱗を、手に入れなければ……。もっと強い、大きな力を持つ、逆鱗を……」

　バリ、バリ、と逆鱗を咀嚼《そしゃく》しながら、ヴァースがぐるりとこちらを向く。

　その濃い灰色の瞳は、鱗は、今や完全に闇色に染まっていて――。

「あいつと、あいつ……、それに、あの子供の逆鱗が、あれば」

　エルドラド、そしてノアと、視線を移したヴァースが、ニタア、と歪んだ笑みを浮かべる。

「きっと、彼女は蘇る……。今度こそ、シェーシャを生き返らすことができる……」

「っ、させるか……！」

　グルルッと低く唸ったエルドラドが、身を低くして駆け出す。鋭い閃光のような一撃は、けれどなんなくヴァースに弾かれてしまった。

「キース！　援護に！」

「分かった……！」

　ノアの叫びに、すぐにキースが反応して戦線に加わる。だが二人の猛攻も、いくつもの逆鱗を飲み込んだヴァースにはまるできく様子がなかった。

「く……！」

　悔しげに目を眇め、それでも攻撃の手をゆるめないエルドラドに、ヴァースがずいっと迫る。

「まずはお前から……」

「エル！」

　ぬっとエルドラドに手を伸ばしたヴァースに、キースが飛びつく。羽交い締めにされたヴァースが、不愉快そうに唸った。

「邪魔だ……！」

「っ、ぐあ……！」

　ドンッとキースが弾き飛ばされると同時に、エルドラドがヴァースの間合いに踏み込み、鋭い爪をその首に突き立てる。だが、それより一瞬早く、ヴァースが身を屈めてエルドラドの攻撃を避け、同時に足払いをかけた。

　よろめきかけたところを踏ん張って堪えたエルドラドが、ヴァースの襟元《えりもと》のルガトゥルを摑んで引き寄せ、思い切り頭突きを食らわせる。

「っ！」

「ノアとリドに手出しはさせない……！」

　黄金の瞳を怒りに燃え上がらせたエルドラドが、素早く詠唱し、紅蓮《ぐれん》の炎をヴァースの胸元に叩き込む。ギラリと硬化した鱗に覆われたエルドラドの足が灰色の竜人の腹を強《したた》かに打ち、ヴァースが後ろに吹き飛んだ。

「この程度……！」

　ザッと膝をついて地面に着地したヴァースが、ギッとエルドラドを睨んですぐさま反撃しようとする。

――しかし。

「……っ、あ……？」

　突然、ザワリと彼の体を覆う鱗が逆立って、ヴァースががくりと体勢を崩す。両手で自身を抱きしめるようにして体を丸めた彼の背の鱗が、さざ波のように幾度も逆立ち、揺らめき始めた。

「あ……、ア、あア、アアア……！」

　壊れた機械のように一音しか発しなくなったヴァースに、ノアはたじろいでしまう。

「な……、なに……？」

　どうやら苦しんでいるようだが、あの苦しみようは尋常ではない。一体なにがと当惑するノアの元に、キースが飛んでくる。

「多分、一度に複数の逆鱗を飲み込んだ反動だ。力が制御できずに崩壊しかけてる……！　このままじゃ村が吹き飛ぶ！」

「え……!?」

「キース！　ノア！」

焦りを滲ませたキースの言葉にノアが目を瞠ったところで、エルドラドがこちらに駆け寄ってくる。

「力を貸してくれ！　抑え込む！」

吼えたエルドラドに、キースが呻く。

「抑え込むって、おいエル、そんな無茶な……」

「分かった！」

即答してエルドラドに駆け寄るノアの背後で、キースがため息をついた。

「……そういうところ息ぴったりなの、どうかと思うよ……」

ほんと似たもの夫婦だよねとぼやくキースをよそに、ノアはエルドラドを見上げた。

「エルド、抑え込むって？　オレ、どうすればいい？」

エルドラドは自分にも力を貸してほしいと言った。きっと彼にはなにか考えがあって、自分の力も必要としているはずだ。

瞬時にそう考えたノアに、エルドラドが頷く。

「ノアは俺の手を握って、俺に力を預けてほしい。目を閉じて、自分の中に巡る力を俺に注ぎ込むようなイメージだ」

「注ぎ込む……、っ、やってみる」

力を使うなんて初めてで、うまくいくかどうかなんて分からない。けれど、今ヴァースの暴走をとめなければ、村が危ないのだ。

村を守るためにも、リドを守るためにも、絶対に失敗はできない。

頷いたノアに頷き返して、エルドラドがキースに告げる。

「キース、お前はコントロールを頼む。俺とノアの力で、ヴァースの周りに何重にも膜を張るんだ。できるな?」

「簡単に言ってくれるよなあ……」

「手術より簡単だろう?」

軽口を叩くエルドラドだが、その瞳は親友への信頼に満ちている。

「……オレの人生で、まず間違いなく大一番の手術だよ」

ため息をついたキースが、一度深呼吸をした後、詠唱を始める。

「ノア」

「……うん」

エルドラドに呼ばれて、ノアはその大きな手をぎゅっと握った。目を閉じ、さらりと冷たいその鱗の一つ一つに温《ぬく》もりを移すようにして、自分の中に眠る青い力を呼び覚ます。

(エルドのお母さん……、もう一度オレに、力を貸して下さい)

頭の中でザザー……、と波の音が聞こえ始める。

寄せては返す、白い波。

鮮やかで優しい、青い、青い海――……。

「っ、いいぞ、ノア。……キース!」

「……っ、ああ!」

詠唱を終えたキースが、エルドラドの声に応える。

ふ、と目を開けると、丘の上でもがき苦しむヴァースの周りに薄い靄《もや》のような膜が何重にも張り巡らされているところだった。

ザワリ、ザワリと先ほどよりも大きく、速く波打つヴァースの鱗が、灰色から急速に色を変え出す。

赤、緑、黄、青、橙《だいだい》、白、藍、紫――……。

飲み込んだ逆鱗の力が、それぞれの色となって出ているのだろう。混ざり合ったそれらの色は、やがて黒い混沌と化し、ヴァースのすべての鱗を逆立てさせた。

「グァア……ッ！」

絶叫と共に、ヴァースの背を突き破り、鋭い突起が現れる。ボコッ、ボコッと次々に出現するその突起に、エルドラドが唸った。

「来るぞ……！」

「……っ」

ぎゅっとエルドラドの手を握りしめ、ノアはその瞬間に備えた。

――刹那。

シンと風が静まりかえり、静寂が訪れる。

そして――。

「アアアアア……！」

断末魔の叫びが響くと同時に、ボコボコボコッとヴァースの体が変形し、眩しいほどの光に包まれる。光はすぐに四散し、薄い靄のような膜の中はあっという間に真っ白な閃光で満たされた。

ドオッと地が揺れ、爆風がノアたちに襲いかかってくる。よろめきながらも必死にエルドラドの手を握りしめ、ノアはその場に踏みとどまった。

「ヴァース……」

その名を呟き、灰色の竜人の最期を見届ける。

ドンッ、ドォ……ッと膜の中で幾つもの爆発音が響いた後、やがてその光が収束し始める。煙が薄れ、露になった丘はすっかり地面が抉《えぐ》れ、大きく陥没していた。

誰も、なにもなくなった地面に、ふわりとなにかが舞い落ちる。

それはひとひらの白い、雪のように白い、灰だった――。

見上げた夜空には、無数の星が輝いていた。

ちょうど半分ずつの白と赤の月を見上げて、ノアは目を細める。

窓辺に腰かけたノアの腕の中では、リドがすうすうと穏やかな寝息を立てている。すっかり夢の中にいる我が子を見つめて、ノアはほっと息をついた。

（……よく寝てる）

あどけない寝顔を見ていると、強ばっていた肩の力がようやく抜けていく。くったりとこちらにもたれかかった小さな温もりを改めて感じて、ノアはじんと目頭が熱くなってしまった。

（いつの間にか、こんなに重くなってたんだなあ）

あの小さかった子がこんなに大きく育つなんてと思うと、やわらかな重さがたまらなく愛おしく、大切に思える。リドの額にある小さな角に頬擦《ほおず》りして、ノアはリドをぎゅっと抱きしめた。

ヴァースを倒した後、ノアは空を飛ぶエルドラドに抱えられて事の経緯を聞きながら、急いで家に戻った。エルドラドが真相を知ったのがリドの力によるものだったと聞いて驚きもしたが、それよりなによりリドのことが心配で、そんな力を使ってリドの身になにかあったらどうしようと不安で。

大急ぎで戻ったノアとエルドラドを出迎えたのは、幸いにも元気よく号泣するリドだった。

『ノノぉおおお、ぢぢぃいいい』

叫びすぎてガラガラになった声で大泣きしていたリドはどうやら、エルドラドがノアの元に行くと飛び出してからずっと、自分も行くと暴れていたらしい。竜人の血をひくリドは子供ながらに力が強く、リドをなだめ続けていたラジャはもう懲《こ》り懲《ご》りだとげっそりしていた。

ごめんね、ノノも父ももう大丈夫だよと、何度もあやしてようやく泣きやんだリドは、よほど疲れたのかジュースを飲んでいる途中でこっくりこっくり船を漕《こ》ぎ出し、それからずっとこの状態だ。一応キースにも診てもらったが、泣き疲れているだけで特に異常はないとのことだった。

（明日は目が腫れちゃいそうだなあ、これ）

エルドラドがリドの力を介して見たという映像を、リド自身が見たかどうかは定かではない。だが、たとえ見ていないとしても、強い力を持つリドはノアとエルドラドの危機を察知して、ずっと不安だったのだろう。

「……心配かけてごめんね、リド」

小さな声で謝り、ノアは絞った布でそっとリドの瞼を冷やした。と、そこへエルドラドが歩み寄ってくる。

「ただいま、ノア」

「お帰り。……どうだった？」

簡単な夕飯の後、エルドラドはキースとラジャと共にもう一度丘の様子を見に行っていた。本当にヴァースが消滅したか、土地に力の影響がないかを確認するためだ。

少し緊張しながら聞いたノアに、エルドラドが告げる。

「……ヴァースの力は完全に消滅していた。土地への影響も、今のところ心配なさそうだ。まあ、これから定期的に調べる必要はあるだろうが……。村人には明日説明すると、ラジャが言っていた」

「逆鱗は？　やっぱり見つからなかった？」

ヴァースが一気に取り込み、力の暴走を招いた、数々の逆鱗。もしそれが見つかれば、亡くなった竜人の墓前に供《そな》えることができるかもしれないと思ったのだが、エルドラドはその問いには顔を曇らせ、首を横に振る。

「くまなく探したが、一つも見つからなかった。すべてヴァースと共に消滅したようだ」

「そっか……。……お疲れさま、エルド」

ただでさえヴァースとの戦いで疲れきっているだろうに、あちこち飛び回ってかなり力を消耗しただろう。

労《いたわ》ったノアに、エルドラドが優しく目を細める。

「……この程度、お前とリドを守るためならなんということはない。……ただいま、リド」

屈み込んだエルドラドが、リドの額に小さくくちづける。んむむ、とむずがったリドを見て、ノアは笑みを零した。

「ふふ、可愛い。ね、エルド……、エルド?」

しかしエルドラドは、笑うノアをじっと見つめた後、おもむろに首筋に顔を寄せてくる。深紅の鱗に覆われた長く逞しい腕にリドごと抱きしめられて、ノアは戸惑った。

「エルド?　どうしたの?」

「どうしたの、じゃない。まったくお前ときたら、俺に一言の相談もなく勝手にあんなことをして……」

呻くエルドラドの声は、怒るというよりは悔しそうな、もどかしそうなものだった。

「お前は昔からそうだ。村を助けるために俺のところに生け贄《いにえ》になりに来たり、オラーン・サランに俺が苦しんでいるからと言って無茶をしたり、お人好《ひとよ》しが過ぎる。自分だけが犠牲になれば済むなんて、そんなはずがないだろう……!」

「……うん、ごめん。ごめんね、エルド」

リドを支えるのとは別の手をエルドラドの背に回して、ノアは何度も謝る。

「でも、あの時はそれが一番だと思ったんだ。オレが命を差し出してリドが助かるなら、それでいいって。オレがいなくなっても、エルドならきっとリドを立派に育ててくれるって、そう思ったから」

「……俺はそんなにできた男じゃない」

ノアの言葉に、エルドラドが呻く。

「俺は、母を失って竜になった男だぞ。運命の対であるお前を万が一失ったら、きっと狂い死ぬか、そうでなくともヴァースと同じように道を踏み外してしまう……」

「エルド……」

苦しげな低い声を漏らすエルドラドの背を、ノアはぽんぽんとなだめるように軽く叩いた。

――ヴァースの話がどこまで真実だったのか、今となってはもう確かめようがない。けれど、少なくともシェーシャという人間の女性と婚約していて、彼女を式の直前に失ったことは真実だったのだろうと、ノアは思っている。

(……あのルガトゥルの刺繍、シェーシャさんの瞳の色と同じだった)

自分の瞳と同じ色の糸で想いを預けてくれた彼女の死をどうしても受け入れられず、ヴァースは彼女を蘇らせようとした。彼の逆鱗を取った傷口が古いものだったのは、おそらく最初に自分の逆鱗を使って彼女を蘇らせようと試みたからだろう。

しかし、それが叶《かな》わなかったため、彼は同族の逆鱗を奪うという暴挙に出たのだ――……。

(たとえどんな理由でも、他の竜人を殺して逆鱗を奪うなんて許せないし、好きな人の遺体を使って悪事を働くなんて、なんでそんなひどいことができるのか、どうしてそうしてしまったのか、オレには分からない。……でも)

『いっそ運命の対だったらと、何度思ったことか。運命の対ならば、狂ってしまえる。赤い月の縁があれば、竜にもなれる……』

そう語っていた灰色の竜人は確かに、彼女を愛していた。

彼は愛する人を失っても狂うことができなかった己を責め、それ故に狂ってしまったのだ――……。

「……エルドは、ヴァースみたいにはならないよ」

大丈夫、とこれまで何度も互いにかけ合ってきた言葉をかけて、ノアはエルドラドのさらさらの鱗に頬を擦りつけた。

「だってオレがそう信じてるから。オレの信頼を、エルドは絶対に裏切らないから」

「……ノア」

「でも、今回のことは本当にごめん。オレのせいで、取り返しのつかないことになるところだった」

身を離し、エルドラドの鼻先にこつんと額をくっつけて、ノアは告げる。

「エルドはオレのこと聖人君子みたいに言うけど、そんなことないよ。オレはエルドとリドのこと守りたくて、必死だっただけ。でも、これからはなにがあっても、二人でリドのこと守っていくことを第一に考える。オレ一人でなんとかしようとしない」

「……絶対だな？」

黄金の瞳が、じいっとノアを見据えてくる。念押しするようなエルドラドに、ノアは笑って頷いた。

「うん、絶対。約束する」

「本当だな？　そう言って、すぐ無茶したりしないな？」

「しないってば」

くすくすと笑うノアに、エルドラドが疑わしいとばかりにグルル、と喉を鳴らす。びたびたと尾の先を床に打ちつけている赤い竜人をぎゅっと抱きしめた後、ノアはずっと心に引っかかっていたことを謝った。

「……エルド。お母さんのこと、ごめんね」

「……ノア？」

突然の謝罪に、エルドラドが怪訝そうに首を傾げる。

「何故お前が謝るんだ？」

「だって、オレに逆鱗を渡さなければ、エルドのお母さん、ヴァースを撃退できてたかもしれない」

ヴァースが十九年間も探し続けたほどの力を持つ、

青い逆鱗。

それがあれば、エルドラドの母は命を落とすことはなかったのではないか。

「エルドだって、もしかしたら竜にならずに済んだかも……」

「……だが、竜になっていなければノアとも出会えなかった。リドも、生まれなかったことになる」

「それ、は……、……でも……」

確かにそうだけれど、それでもエルドラドの母は亡くなるべきではなかった。俯いたノアに、エルドラドが穏やかに言う。

「ノア、仮定の話をいくらしても、どうしようもない。過去は変えようがなく、俺たちが生きているのは今だ」

「……エルド」

「それに、母がお前を助けると決めてしたことだ。俺はその母の選択が間違っていたとは思わない。きっと母はお前に、自分の命の欠片を託したかったんだろう」

「命の……、欠片」

そっと胸に手を当てたノアを見つめて、エルドラドが頷く。

「ああ。……俺の母は、海が好きでな。よく俺を海まで連れて行っては、色々な話をしてくれた。亡くなった父のこと。大いなる力に伴う責任を、どう果たしていくのか……」

懐かしそうに目を細めて、エルドラドが母の言葉をなぞる。

「大いなる力には、大いなる責任が伴う。だから貴方はよく行動を慎み、考えに考え抜いてから力を使いなさいと、母はよくそう言っていた。強大な力を持っていた母も、きっと同じ言葉を肝に銘じていたはずだ。母は自分の力をヴァースに悪用されないために、覚悟を持ってお前に託したんだろう」

「……うん」

エルドラドの言葉を何度も、何度も心の中で嚙みしめて、ノアは顔を上げた。月明かりに溶けるような、やわらかな黄金の瞳を見つめて、告げる。

「……オレ、昔からよく海の夢を見てたんだ。行ったことなんてないはずなのに、潮の香りも砂浜の感触も何故か知ってて、どうしてだろうってずっと不思議だった。……あれは、エルドのお母さんの記憶だったんだね」

夢の中でずっと、誰か大切な人と来たことがあるような気がしていた。それはきっと、エルドラドのことだったのだ。

「オレ、エルドのお母さんからもらったこの命を大切にするよ。エルドのお母さんがくれた今を、大事に生きる。リドが自分の道をちゃんと進んでいけるように、親としてできる限りのことをしながら」

「……ああ、俺もだ」

ノアの腕の中で眠るリドを優しく見つめて、エルドラドも告げる。

「俺も、母にもらったこの命を大切にする。母の教えを胸に、俺の持てるすべての力を使って、この先なにがあってもお前とリドのことを必ず守り抜く。

……母がくれた俺の家族をずっと、大切にしていく」

愛している、とエルドラドが囁《ささや》く。

星の光を紡ぐようなその囁きに、オレもとふんわり微笑んで、ノアは落ちてくるくちづけにそっと目を閉じた——。

片腕に抱き上げていたノアを寝台に降ろした途端、紅蓮の竜人ががむしゃらにくちづけてくる。

どうやら我慢の糸が切れてしまったらしい彼に、ノアはぷはっと息をついて笑ってしまった。

「ちょ……、ちょっと待って、エルド。オレは逃げたりしないから」

「嫌だ、待てない。早くお前が欲しい……」

グルル、グルル、とひっきりなしに喉を鳴らしながら、エルドラドが逃げるノアの唇を追いかけようとする。さりさりと、唇と言わず頬や耳たぶまで鱗に覆われた口で喰まれて、ノアはくすぐったさに笑い声を上げてしまった。

すっかり眠ってしまったリドを子供部屋に運ぶなり、すぐさまエルドラドに抱き上げられた時には驚いたが、気持ちだけでなくお互いの存在や体温も確かめたいのはノアも同じだ。

自分たちは確かに今ここにいて、これからもずっと一緒にいられるのだと実感したい。

は、と熱い息を零しながらも、ノアはエルドラドの鼻先を手で押し返した。

「エルド、せめて服脱ぐ間だけ待って」

「……………」

「すぐだから」

不満そうにぺしぺし尾の先で寝台を叩くエルドラドを苦笑混じりになだめて、頭から服を脱ぐ。

自分の服を乱雑に脱ぎ捨てたエルドラドは、ノアが下着から足を抜くや否や、待ちきれないとばかりに覆い被さってきた。もどかしそうに自分を抱きしめる竜人を、ノアも今度は押しとどめず両腕で抱きしめ返す。

「……いっぱい心配させて、ごめんね」

「いや……、俺も、あそこまで思いつめさせて悪かった。自分の身に置き換えて考えて、お前がなにか大切なものを失うとなったら、たとえそれが家族のためであっても、心から賛成できたとは思えない」

確かめるようにノアの背に大きな手を這《は》わせながら、エルドラドが呟く。

「……ノアが無事で、よかった」

低く優しい声に、ノアは胸がいっぱいになってしまう。うん、と頷いて、ノアはエルドラドの背に回した手にぎゅっと力を込めた。

サラサラとした深紅の鱗は、彼の想いと同調しているように熱くて、まるでオラーン・サランの時のようだ。

（……ううん。オラーン・サランの時よりずっとずっと熱い……）

それだけエルドラドに心配させてしまったということだろう。

ノアはその熱い鱗を一枚一枚指先で丁寧に撫《な》でながら、落ちてきたくちづけに目を閉じた。

「ん、んんっ、んん……！」

オラーン・サランの激情に駆られている時でさえ、ノアが息苦しくないようにいつも最大限の配慮をしてくれるエルドラドはしかし、今日ばかりは加減がきかないように最初から激しくくちづけてきた。力強い太い舌に翻弄され、すぐにジンと舌に疼痛《とうつう》が走ったノアだったが、その痛みすら今は嬉しくてたまらない。

誰よりも愛おしい相手がこんなにもがむしゃらに、まっすぐに、ただひたすら自分だけを求めてくれている――。

「エル、ド……っ、んんっ、ん……！」

体の芯に灯《とも》った火に我慢できず、ノアは逞しい竜人の腕の中で身をよじり、エルドラドの下肢に腰をすり寄せた。

剝き出しのエルドラドの雄茎ももう熱く滾っていて、張りつめた蜜袋の重みに、深いくちづけをしているにもかかわらず喉が渇くような錯覚を覚える。

潤み始めたそこがぬるぬると擦れ合う度に、体の奥底に生まれた熱がどんどん膨らんでいって、知っている快楽が欲しくて、欲しくて。

ん、んっとエルドラドにしがみついたまま、夢中で大きさの異なる性器を擦り合わせるノアに、エルドラドが低くかすれた声で唸る。

「ん……、すぐ、いいか？　ノア」

「う、うん」

して、と吐息だけで伝えると、エルドラドが嬉しそうに喉を鳴らして軽いくちづけを落とす。身を起こしたエルドラドはノアの足を大きく開かせると、すっと目を眇めて呟いた。

「お前のここは、何年経っても愛らしいままだな」

「……あ、愛らしいってなんだよ……」

何回体を重ねていても、そんなところをまじまじ見られるのはやはり恥ずかしいし、そんなことを言われるなんてむず痒《がゆ》い。あんまり見ないでと身をよじろうとするノアを押しとどめて、エルドラドがそこに顔を寄せつつ言う。

「愛しているのだから、愛らしいと思うのは当然のことだろう。お前のここはこんなに小さく狭いのに、いつも俺のことを全部包み込んでくれる……。健気《けなげ》で淫《みだ》らで、この上なく愛らしいと、いつだって思っている」

「み……っ、淫らって、……っ」

なんてことを言うのかとカアッと赤くなったノアだったが、身を屈めたエルドラドに優しく内腿を喰まれ、思わず息を詰めてしまう。赤く熟れ、とろりと喜悦の涙を零す花茎を大きな舌で舐《な》め上げて、エルドラドはその下へと顔を埋《うず》めてきた。

「あ……、んん……」

ぬるりとしたなめらかな舌が、襞《ひだ》の一つ一つを丁寧に舐め、内側へと潜り込んでくる。力強く熱いそれに脆弱《ぜいじゃく》な粘膜をとろりと濡《ぬ》らされて、ノアは思わずぎゅっと身をすくめてしまった。

「ん……っ」

「っ、ノア……」

一緒に後孔も収縮したのだろう。低く唸ったエルドラドがするりとノアの花茎に指を絡みつかせ、一層深く舌を潜り込ませてくる。ずぷ、と奥まで進んでくる太い舌に、ノアはきゅうきゅうと内壁を疼《うず》かせた。

「は……っ、あ、んっ、んん……！」

大きな手が上下する度、鮮やかな紅の鱗がさりさりと熱茎を擦り立ててくる。もっと、と舌を押し込まれている後孔の入り口も無数の花びらのような鱗にくすぐられて、たまらない甘痒さが際限なく身の内に溜《た》まっていって。

「んう……、あ、ん、ん……！」

もう幾度可愛がられたか分からない性器の裏側の膨らみを、尖《とが》らせた舌でじっくり丹念に愛される。快楽の塊のようなそこをねっとりと舐めくすぐられ、同時にとろとろと蜜を零す花茎の先端も指の腹でくちくちと弄《いじ》られて、ノアはなすすべもなく身悶《みもだ》えた。手の甲で口元を押さえ、身を打ち震わせて、幾度も押し寄せてくる絶頂の波を必死に堪える。

「んん、ん……っ、ん、ん、ん……」

けれど、いくら堪えようとしても、弱いところを全部知り尽くしている彼の手にかかれば、元から感じやすい体はひとたまりもない。濃厚な快楽を更に丁寧に煮詰めるようなエルドラドの愛撫《あいぶ》に、あっという間に頭の芯までどっぷりと甘く熱い蜜に漬けられてしまう。

とろり、とろりと落ちてくる滴りに奥の奥まで濡らされ、溶かされ尽くして、ノアは自分ではもうどうしようもない疼きに白旗を上げた。

「エ、ルド……っ、エルド、も……っ」

「ん、は……、……ノア」

ぬるりと舌を引き抜いたエルドラドが、ゆっくりと身を起こす。

じっとこちらを見つめてくる、蕩《とろ》けるようなやわらかい黄金の瞳に、ノアは懸命に腕を伸ばした。

「はや、く……っ」

体の奥に灯った熱い炎を、早くどうにかしてほしい。

もっと、もっと気持ちよくなりたい。エルドラドと、二人で――……。

じっとしていられず、うずうずと腰を揺らしてせがむノアに、エルドラドが目を細めてグルル、と喉を鳴らす。

「やはり、俺のノアは世界一愛らしいな」

「も……、そういうのいいから、早く……」

焦《じ》らさないで、と熱い息を零して、ノアは腰を上げてエルドラドのそこに後孔を擦りつけた。ひくつく襞が、逞しい滾りにちゅうっと淫らなくちづけをする。

ノア、と熱に浮かされたような声で唸ったエルドラドが、ノアの膝を敷布に押しつけ、握った雄茎の先端を入り口にあてがう。

「愛している、ノア……」

「は……っ、あ、あ……！」

囁きと共に、ぐっとそこがエルドラドの形に押し広げられていく。触れるだけで溶かされてしまいそうな灼熱《しゃくねつ》の雄に、やわらかく狭い場所を優しく容赦なくこじ開けられて、ノアは目の前の深紅の広い肩に夢中でしがみついた。

「エ、ルド……っ、あ、あっあっ」

「っ、ノア……、ああ」

ノアのこめかみの匂いを嗅いだエルドラドが、艶《つや》めいた吐息を漏らし、ぐっぐっと少しずつ腰を送り込んでくる。

抗《あらが》いようのない力強さで自分の全部を奪われ、代わりに彼自身でいっぱいに満たされていく快楽に、ノアはたまらず白蜜を放っていた。

「あっ、や、や……っ、ひぁっ、あああ……！」

ぴゅ、ぴゅっとエルドラドの綺麗な深紅の鱗に、白花が散る。ノアはびくびくと身を震わせながら、快感に潤んだ瞳をエルドラドに向けて謝った。

「ご、め……っ、オレ、先に……っ」

いくらずっと堪えていたとはいえ、挿入だけで極めてしまうなんて、あまりにも早い。

息を荒く弾ませ、震える声で謝ったノアの唇を、エルドラドが優しく啄《ついば》む。

「それだけ感じてくれたということだろう？　俺は嬉しい」

「エルド……」

「達するお前は何度見ても可愛いしな」

グルル、と喉を鳴らしながら言うエルドラドの鼻先に、バカ、と軽く嚙みついて、ノアは愛おしい竜人をぎゅっと抱きしめる。

「……オレだって、エルドのイくとこ見たい」

自分しか知らない、あの深い赤の煌めき。オラーン・サランの赤い月にも似たあの輝きは、自分だって何度も見たいと思っているのだ。

「エルドもちゃんと、気持ちよくなって」

すり、と深紅の鱗に頬を擦りつけながら言うと、エルドラドが嬉しそうに目を細めて頷く。

「ああ。……力を抜いていろ」

「ん……。は、ん……、ん、あ、あ……」

こくりと頷いたノアを抱きしめたエルドラドが、ゆさゆさと小刻みに腰を揺らし出す。

さりさりとした、花びらのような鱗に全身を愛撫されながら、ぬめる砲身をゆっくり、ゆっくり奥まで埋められて、ノアはすぐにとろんと瞳を蕩けさせた。

「エルド、エル……、んん」

一番奥まで満たされたところで、ごつごつとした大きな顔を両手で包み込み、引き寄せてくちづけを贈る。ハ……、と熱い吐息をつき、硬い牙の一つ一つにもくちづけて、ノアは微笑んだ。

「ふふ、は……、気持ちい、ね」

「ん……、きつくないか？」

ノアのこめかみに鼻先を擦りつけて、エルドラドが匂いを確かめる。もう何度もしているのに、挿入の時にはいつも心配そうな竜人をぎゅっと抱きしめて、ノアは笑いかけた。

「ん、大丈夫。だからもっと、気持ちよくなろう？」

ちゃんと二人で感じたい。

もっとエルドラドの温もりを確かめたいし、自分の匂いももっと嗅いで安心してほしい。

「大好きだよ、エルド」

少しでも伝わるように、想いを込めてくちづけたノアに、エルドラドが黄金の目を細める。

「ノア……。愛している、ノア。俺はお前を……、お前だけを」

囁いたエルドラドが、するりとノアの腰に尾を回す。腕だけでなく尾でも抱きしめられ、包み込まれて、ノアはより一層深くなったくちづけに夢中で応えた。

「ん……、エル、ん、ん！」

試すように二、三度奥を突いたエルドラドが、グルル……、と低い唸り声を上げ、紅蓮の鱗を煌めかせる。大きな舌でノアの小さな舌を舐めくすぐりながら、エルドラドはゆさゆさと腰を揺らし出した。

しっかりと抱きしめられたまま、ほとんど抜き差しせずぬちゅぬちゅと幾度も深くにくちづけられる。張りつめた太い雄茎に優しく、強く奥を捏《こ》ねられて、ノアは目も眩《くら》むような快感にその身を打ち震わせた。

「んん、ん……っ、エルド……、あ、あ、んん……！」

過ぎる快感を少しでも逃がそうと熱いエルドラドの胴をきゅっと足で挟むと、敏感な内腿がさりさりと鱗にくすぐられて、余計に感じてしまう。たまらず逞しい腰に足を回してしがみつくと、埋め込まれた熱茎がどくっと膨らんで、みっちりと隙間なく満たされた隘路《あいろ》を更に広げられて。

「ふぁあ……っ、んんっ、ん——……！」

エルドラドの引き締まった下腹に性器を擦り上げられて、ノアはぎゅうっと足先を丸めて感じ入った。とろとろになった口の中を舐めくすぐる大きな舌に思わず歯を立ててしまい、びくんとエルドラドが身を震わせる。

「は……っ、ノア……」

グルルッと獰猛《どうもう》な唸り声を発したエルドラドが、強靭《きょうじん》なその尾でぐううっとノアの腰を自分の方へと引き寄せる。

逃げ場を完全に奪い、奥の奥まで自分のものにしてもまだ足りないとばかりにがむしゃらに求めてくるエルドラドに、ノアは懸命にくちづけた。

「んっ、エルド、ふあっ、あっ、あっ、んんんっ」

ゆさゆさ揺さぶられる度、尖りきった乳首が鱗に擦られて、ツキンツキンと甘い痛みを生む。真っ赤に膨れた花茎は一度放った白蜜にまみれ、猥《みだ》りがわしいとしか言いようのない有様で、人ならざる雄に抱かれてどうしようもなく感じてしまっているのがまる分かりで。

いっぱいに広げられ、ぐちゅぐちゅとはしたない蜜音を立てる隘路が、猛《たけ》る充溢《じゅういつ》に嬉しげに吸いつく。先走りのそれが白く泡立ち、浮いた腰をねっとり伝い落ちるのが恥ずかしくて、気持ちよくて、もどかしくて、ノアは知らず知らずのうちにねだる言葉を口にしていた。

「エル、ド……っ、ああ、もっと……っ、もっと、来て……！」

何度抱き合っても、どれほど深く交わっても足りないのは、自分も同じだ。

完全に一つに溶けてしまえないことが切なくて、悔しくて、でもだからこそ、愛おしくて。

「ノア……っ、愛している、ノア……！」

ぶるるっと身を震わせたエルドラドが、ノアを自分の腕の中に閉じ込め、激しく腰を打ちつけてくる。

加減を忘れた獣に余すところなく犯され、貪られて、ノアは歓喜に喘《あえ》ぎながら最後の階《きざはし》を一気に駆け上った。

「あっ、んんんっ、あ、あ、あ……！」

「っ、う、く……！」

絞り出すような呻き声を上げたエルドラドの肩が大きくうねり、七色の輝きが深紅の鱗を燃え上がらせる。その瞬間、熱湯のような精液を奥底にドッと叩きつけられて、ノアはその感触にまた白花を散らしていた。

「ふああ、あ……っ、んー……！」

びゅるっ、びゅうっと熱蜜が深い場所を灼《や》く度、エルドラドの全身が艶々と煌めく。

まるで星がその命を燃やすような紅蓮の輝きに、ノアは込み上げてくる衝動のまま、エルドラドをぎゅっと抱きしめた。

「ん……、エルド……」

「……ノア」

ノアを深く包み込んだエルドラドが、静かにくちづけてくる。

さり、とノアの唇を優しく啄んで、紅蓮の炎のような竜人は低い声を紡いだ。

「愛している、ノア。お前こそ俺の運命、……魂の番だ」

「……オレも愛してる、エルド」

心から、と笑ったノアに、エルドラドがやわらかく目を細める。

月明かりに溶けるようなその黄金の光を、ノアはいつまでもずっと見つめ続けていた――。

◆◆◆

「……それからひと月後、二人は幼い子供を連れて旅立った。強い力を持つ子供を人間の村で育てていくことは難しいと、そう判断したんだ」

寝転がり、クッションを抱えている己の伴侶にそう語って、ジーンは真っ白な鱗に覆われた尾をゆったりと揺らした。

「彼らは海を越え、紅蓮の竜人の故郷に辿り着いた。そして成長した彼らの子供はいがみ合う部族をまとめ上げ、新たに竜人の里を築き上げた。……それが初代の竜王、リドガルド王だ」

それから千年余の年月を経た今、初代竜王と同じく『黄金の星持つ竜』であるジーンは、次期竜王に指名されている。そしてその伴侶は――。

「へえ、じゃあ初代の竜王の両親って、オレたちみたいに竜人と人間、しかも男同士だったんだ」

絨毯の上で腹這いになり、上げた足をぷらぷらと遊ばせているのは、短い黒髪に健康的な日に焼けた肌、活気に満ちた黒い瞳の少年、陽翔《はると》だ。

「オレがちっちゃい頃に拾って宝物にしてたのが、そのリドガルド王の逆鱗ってことか。男同士で子供産んじゃうとか、逆鱗の力ってすごいのな」

感心したように言う陽翔だが、彼はその竜王の逆鱗を拾ったことにより陰謀に巻き込まれ、異世界から飛ばされてきた。ジーンと結ばれ、この世界で生きていくことを決めた陽翔がどれほど悩み苦しんでこの手を取ってくれたか、ジーンが忘れたことは一日たりともない。

「リドガルド王の両親は、運命《さだめ》の対《つい》の中でも特に魂の結びつきが強い二人だったと伝わっていてな。敬意を込めて、始まりの番《つがい》と呼ばれているんだ」

そんな二人だからこそ、種族や性別を超えて結ばれ、後に偉大な王となるような竜人を育て上げたのだろう。そうなんだ、と相づちを打つ陽翔に、ジーンは問いかけた。

「……陽翔ならどうする？　逆鱗の力で、俺たちに子供ができたら……」

ジーンが竜王となった暁には、陽翔は竜王妃の逆鱗を受け継ぐことが決まっている。欠けているとはいえ、竜王の逆鱗と同等の力を持つ竜王妃の逆鱗を受け継げば、陽翔にもその可能性がないとは言い切れない。

そわそわと尾の先を揺らしながら聞いたジーンに、陽翔がからりと笑う。

「ええー、無理無理！　だってオレ、自分のことで手一杯だもん。子供とか考える余裕ないよ」

「……そうか」

少し残念に思いつつ、しゅんと尾の先をうなだれさせたジーンだったが、陽翔はふわふわと笑いながら言う。

「でも、ジーンの子供ならきっと可愛いだろうなあ。やっぱ白い鱗なのかな？」

抱えたクッションに頬をくっつけた陽翔が、ふわあ、と大きなあくびをしながら言う。

「ジーンの子供はちょっと、見てみたいかも」

「陽翔……」

少し照れたようにはにかみ、ぽふんとクッションに顔を埋めた陽翔に、ジーンは驚いた。恥ずかしがり屋な陽翔がこんなことを言うなんて、これはもしや押せばいけるのではないか。

期待に胸を高鳴らせながらそっと陽翔の方に身を乗り出し、お誘いをかける。

「陽翔、俺の子供を産んで……」

くれないか、と続けようとした声はしかし、ぷすー、という不思議な音に遮られた。

「ぷすう？」

一体なんの音かと陽翔を覗き込み、愕然とする。

「……寝ている……」

ふすー、ぷー、と規則正しくもへんてこな寝息を立てて眠り込んでいる陽翔に、ジーンは期待に揺れていた尾をへにょりと下げた。がっくりと肩を落としつつ、苦笑を浮かべる。

「そんな体勢で苦しくないのか……?」

せめて寝台に運ぼうと抱き上げると、陽翔がぎゅっとしがみついてくる。

んむむ、としかめっ面《つら》をした陽翔は、ジーンの鱗をさらりと撫でると、ふにゃりと笑みを浮かべた。

「ジーン……」

「……ああ。ここにいる」

囁きかけ、腕の中の陽翔に鼻先を擦りつける。

星明かりの下、ふわんと漂う甘く幸せな匂いを胸いっぱいに吸い込んで、ジーンは愛している、と小さく微笑んだのだった。

青い、青い海が、目の前に広がっている。

ザザー……、と打ち寄せては引いていく白い波を見つめて、ノアは大きく両腕を広げた。目を閉じ、ゆっくりと深呼吸する。

足の裏に感じる、サラサラとした砂の感触。ぬるくてやわらかな波、肌を刺す強い日差し、海鳥の声、潮の香り——。

(……夢の通りだ)

知っていたけれど知らなかった海を、五感いっぱいに味わうノアの耳に、遠くから自分を呼ぶ声が聞こえてくる。

「ノノ!」

「ノア、そろそろ出発するぞ」

振り向くとそこには、小さなリドを肩車したエルドラドの姿があった。はやくはやくと尻尾でぺしぺし肩を叩いて催促するリドに苦笑しつつ歩いてくるエルドラドに、ノアは駆け寄る。

「……うん、行こう!」

差し伸ばされた紅蓮の鱗に覆われた手を取って、ノアはもう一度海を振り返った。

寄せては返す、白い波。

青い、青い海は、降り注ぐ陽光にどこまでも優しく、穏やかに煌めき続けていた——……。

後書き

こんにちは、櫛野ゆいです。この度はお手に取って下さり、ありがとうございます。

今回のお話は、赤い月の世界での初代竜王の両親のお話になります。始祖の竜王そのもののお話にしようかとも迷ったのですが、紆余曲折《うよきょくせつ》あって王様になる話、というのはこれまでいくつか書いてきたので、少し変化球を投げてみました。とはいえ、お話自体はとても王道なんじゃないかな。シリーズを通して読んで下さっている方には懐かしい人たちも最後にちょっと出てきましたが、もし未読の方は『竜人と運命《さだめ》の対《つい》』というお話が元になっていますので、ご機会あれば是非お手にとってみて下さい。

変化球といえば、今回はついに攻めが竜人を超えて竜の姿からのスタートでしたが、いかがでしたでしょうか。受けが生け贄になるというお話は大好きなのですが、ノアは生け贄にしては随分図太くて逞しかったですね。ノアがツンデレ不器用なエルドラドの懐にぽーんと飛び込んでいく過程は、書いていて本当に楽しかったです。

後半になって授かったリドガルドも、やんちゃで元気いっぱいで、楽しく書きました。きっと毎日野を駆け回っているんだろうなあ。彼が大人になった姿も書いてみたかったので、こちらの後書きの後に短編を載せていただくことになりましたが、意外に苦労性な王様になりましたが、あのご両親に育てられたらそうなるかな。彼らのその後も楽しんでいただけたら嬉しいです。

さて、駆け足ですがお礼を。今回も挿し絵をご担当下さった高世先生、本当に素晴らしい竜をありがとうございました！　エルドラドの竜の姿は高世先生のイラストを見たい一心で書いておりました。カッコいい竜人のエルドはもちろんですが、角のあるリドが本当に可愛くて眼福です。三人とも語りきれないくらい「いい！」というポイントを押さえて下さって、本当にありがとうございました。いつもお世話になりっぱなしな担当さんも、ありがとうございます。打ち合わせの最中、担当さんの中でエルドの世話を焼くノアが関西弁のおかん男子化していて、私が笑い転げていたことをここに記しておきます。

最後まで読んで下さった方も、ありがとうございました。よろしければご感想などいただけると今後の励みになりますので、是非お寄せ下さると嬉しいです。

それではまた、お目にかかれますように。

櫛野ゆい　拝

暁の星

「リドガルド王！」

「王、どうか我らの話を聞いていただきたい！」

執務室から退室した途端、詰め寄ってきた二人の竜人に、赤い鱗《うろこ》の竜人、リドガルドは思わず天を仰《あお》いだ。だが一瞬ですぐに顔を元に戻して、にこやかに頷く。

「……ああ、もちろん。私でよければ話を伺おう」

これも王の務めだ。至極面倒だけれど。

一族に新たな暁《あかつき》をもたらす、黄金の星持つ竜として生まれたリドガルドは、つい先頃竜人族を統一し、この地に新たな里を築いた。

とはいえ、長年部族間でいがみ合っていた竜人たちを一つにまとめるのは、容易なことではなかった。

なにせ竜人族は老若男女問わず武勇に優《すぐ》れ、誇り高い反面、頑固で御《ぎょ》しがたい者が多い。部族長ともなれば主義主張の強さは天井知らずで、中でも目の前の二人はその最たる者だった。

「先の戦いで先陣を切ったのは、我が一族！　だというのに彼の部族の方が領地が広いとは、一体いかなるお考えか！」

「なにを言う！　そんなことより問題は、お前の一族の者が王の近侍《きんじ》を務めていることだろう！　王、もう一度お考え直しを！　近侍には我が一族の者の方がふさわしいはず！」

「…………」

侃々諤々《かんかんがくがく》と主張し合う二人は、似たようなことで毎日のように争い、その度にリドガルドに訴え出てくる。リドガルドは内心頭痛を覚えつつも、努めて穏やかな声で二人をいなした。

「……二人とも、落ち着いてくれ。まず領地の問題だが、最初に話し合った通り、広さは部族ごとの人数で決めている。これは他の部族も承知のことだ」

ですが、と反論しそうな一人を片手で制止し、もう一人に向き直る。

「それから近侍の件だが、こちらも先に念押しした通り、能力はもちろんのこと、私との相性も考えて選ばせてもらっている。身の回りの世話も頼むことになるから、これればかりは了承してもらいたい」

どちらも決定の前に何度も話し合いを重ね、二人も承知したはずなのだが、それでもこうして蒸し返すのは、火種はなんでもいいからとにかく争わなければ気が済まないからなのだろう。自分の部族が一族の中で一番優れていると、相手にそう認めさせたいのだ。

零れそうになるため息をどうにか堪えたリドガルドだったが、二人は睨み合ったままなおも言い募《つの》ろうとする。

「しかし、王……！」

「王のお考えも分かりますが……！」

（なにも分かっていないだろう……！）

食い下がる二人に思わず上げそうになった怒声を、リドガルドはなんとか寸前で呑み込んだ。

部族間で諍《いさか》いが起きるのは、なにもこの二人に限ったことではない。ようやく一つにまとまった竜人族だが、一枚岩とはまだまだ言い難く、日々大なり小なり問題が起きている。

リドガルドはそういった問題が持ち込まれる度、今後は部族という概念を越え、一族として結束していくことがなにより重要なのだと懇々と説いて回っている。だが、頭では理解していても、染み着いた他部族への敵意や疑念をなかなか改められない者が多いのが実状だ。

（そういった者たちの手本となるためにも、まずは部族長同士が歩み寄ってほしいと、再三伝えているというのに……！）

自分の考えを分かっているというのなら、そもそもこんな不毛な言い争いをしないでもらいたい。だが、なんとか穏便にそれを伝えるため、気持ちを落ち着かせようとするリドガルドの前で、二人はくどくどと似たようなことを言い争い続ける。

「そもそもお前の一族が、我が一族の先祖の土地を奪ったから……！」

「なにを言う！　それを言うならそちらこそ……！」

（……っ、いい加減にしてくれ！）

すっかり自分そっちのけで白熱する二人を見つめるリドガルドの瞳が、次第に剣呑な光を帯び出す。細い瞳孔を浮かべた黄金の瞳が、ギラリと鋭い刃のように煌めいた、――その時だった。

「……っ」

「な、なんだ？」

突如、ぐらりと地が揺れ、二人が目を瞠る。

「揺れている……!?」

「地震か!?」

次第に大きく鳴動し始めた大地に驚き、険しい顔つきで身構える二人を見て、リドガルドはハッと我に返った。

（いけない……！）

慌てて目を閉じ、深く息を吸い込む。渦巻く感情を吐息と共に体の外に逃がすようにして幾度も深呼吸を繰り返すと、徐々に揺れが小さくなっていった。

「……収まった、か？」

「なんだったのだ、一体……」

山奥にあるこの土地では、大きな地震など滅多に起きない。突然の出来事にまだ動揺を引きずっている様子の二人に、リドガルドは謝った。

「……すまない」

「王？」

当惑する二人は、先ほどの地震がリドガルドの力によるものだとは気づいていないらしい。まさか感情が制御できず力が暴走しかけたとも言えず、リドガルドは苦笑して話題を変えた。

「いや、なんでもない。……お二方が一族の今後を憂慮して下さっていることは、私も重々承知している。いつも一族のために尽くして下さって、本当に感謝している」

にこ、と目を細めてお礼を言ったリドガルドに、二人が小さく息を呑む。竜人ならざる父そっくりだと言われる微笑みを浮かべて、リドガルドは続けた。

「お二方の仰ることも、もっともだ。戦績には別の形で報いることを検討させてもらい、惜しくも近侍から外れた者は、能力に見合った他の役職を打診しようと考えている。それでいかがだろう?」

どちらの顔も立て、かつ他の部族にも不公平のないよう配慮した案を挙げると、それまでじっとリドガルドに見入っていた二人が、ハッと我に返って頷き合う。

「え、ええ、王がそう仰るのでしたら」

「ああ、そういうことならば、もちろん」

慌てたように顔を見合わせて答える二人に、リドガルドは駄目押しとばかりににっこり微笑んだ。

「納得していただけてよかった。二人とも、今後ともよろしく頼む」

「は……!」

「勿論です」

リドガルドの一言に、二人が頭を下げて帰っていく。遠ざかるその背に、リドガルドは今度こそハア、とため息をついた。

(……危なかった)

強大な力を持つ自分は、常に感情を制御しなければならない。特に怒りや悲しみといった負の感情は力の暴走を引き起こしやすく、注意が必要だというのに、つい苛立ってしまった。

(あんなことくらいで力が暴走しかけるなんて、まだまだ俺は未熟だな……)

大いなる力には、大いなる責任が伴う。

幾度となく両親から言い聞かされてきたその言葉

を、リドガルドは今一度胸の内にしっかりと刻み込んだ。

幼い頃から力が強かったリドガルドが感情を制御できるよう、両親は根気強く自分を鍛えてくれた。暴走した力で両親の危機を助けたこともあるが、とんでもない事態を引き起こしかけ、二人を慌てさせたことの方がずっと多い。

（あの頃はなにか起こす度に、父上たちによく地獄の特訓をされたっけ……）

容赦なかった鍛錬を思い出して、リドガルドはこっそり苦笑してしまった。

二人の父はいつも優しく陽気だったが、鍛錬の時だけは鬼のように厳しかった。だが、その経験があったからこそ、今の自分があるのだ。

（俺は、二人に恥じない自分でありたい。父上たちが教えてくれたように、力に訴えることなく、一族を率いていかないと……）

自分のこの力は、一族のために使うと決めている。だからこそ、強大な力を誇示し、力で従わせるやり方は決してしてはならない。

遠回りでも、時間がかかっても、少しずつ、少しずつ、竜人族をまとめ上げていく。

それが、王となった自分の使命だ――。

ふうと大きく息をついたリドガルドが、移動しようと一歩踏み出した、その時だった。

「リード」

ほわんとした声に呼びとめられる。背後から聞こえてきたその声に、リドガルドはパッと顔を輝かせて振り返った。

「父さん！　父上も！」

そこにはリドガルドの二人の父、ノアとエルドラドが立っていたのだ。

「二人ともどうしたの、突然」

竜人族をまとめる時には力を貸してくれた二人だ

が、その後は一族から距離を取り、里から少し離れた森で暮らしている。のんびり気ままに暮らしたいと言っていたが、おそらくその真意は、竜王の両親という立場を鑑《かんが》み、政《まつりごと》から距離を取るためだろう。

　これまでバラバラだった竜人族をまとめ上げ、王となったリドガルドに取り入ろうとする者は多く、肉親である二人がそばにいれば、争いの火種になりかねない。息子が思うように政を行えるように、自分たちは第一線から身を引いた方がいいと、両親はそう考えてくれているらしかった。

　とはいえ、世話好きな両親はしょっちゅう手紙や森の恵みを送ってくれるし、時々こうして会いに来てくれる。だが、いつもは事前に知らせがあるけれど、今日は特に訪問の知らせは受けていない。

　なにか緊急事態だろうかと思ったリドガルドだったが、どうやらそれは取り越し苦労だったらしい。

「森に懐かしい花が咲いていたから、リドにも見せてあげたくなってね」

　にこにこと言うノアは、両腕いっぱいに黄色い花を抱えている。ふよふよと揺れるその花に、エルドラドが苦笑を零した。

「この花は俺たちにとって思い出の花でな。花畑を眺めていたら昔話がとまらなくなって、お前の顔が見たくなったんだ」

　深紅の鱗に覆われた父の手は、もう一人の父であるノアの肩をそっと包み込んでいる。人間でありながら竜人の逆鱗を持つノアは、リドガルドが物心ついた時から姿形がほとんど変わっていない。

　同じ時を刻み、同じ時を歩み続けている両親は一族でもおしどり夫婦として有名で、その仲睦まじさは息子であるリドガルドですら呆れるほどだ。だが、常に支え合い、助け合って生きている両親は、リドにとって誇りであり、憧れでもある。

　ふよんふよんと揺れる花束をノアから受け取って、

リドガルドは目を細めた。

「いい匂いがする……。ありがとう、父さん」

「どういたしまして。それにしても、立派な王様やるのも大変だねえ、リド」

どうやら先ほどのやりとりを見られていたらしい。地震にも気づいたらしく、また地獄の特訓する？と聞いてくるノアに、リドガルドは苦笑して首を横に振った。

「大丈夫、ちゃんと制御できたから。それにケンカの仲裁なら、父さんたちので慣れてるしね」

仲のいい両親だが、まったく衝突をしないというわけではない。むしろしょっちゅうぶつかり合っていて、ケンカの原因もくだらないことが多い。

けれど、そうして日常の小さな不満をため込まず、自分の意見を臆することなく相手に伝えられるからこそ、相手を尊重することができるのだろう。

（実際、仲裁とは言ったものの、こっちがおろおろしてる間にいつの間にかちゃっかり仲直りしてることの方が多いしな）

そしてケンカの前よりも一層いちゃいちゃしていたんだった、そうだったと思い出して遠い目になったリドガルドを、ノアがにやにやとからかう。

「おーおー、言うようになったね、リドも」

「だな。ついこの間まで、ちち、ノノ、と俺たちの後をついて回っていたチビ助が」

こういう時だけ阿吽《あうん》の呼吸で結託する両親が、顔を見合わせて笑う。

「覚えてる、エルド？　リドが初めて飛べるようになった時のこと」

「ああ、あれは忘れようにも忘れられないな。飛び跳ねてたら突然体が浮いて飛べるようになったものだから、びっくりして漏らして……」

「ちょ……っ、父上！」

一体何年前のことを言っているのかと焦って遮っ

たリドガルドをよそに、ノアがくすくすと笑う。

「そうそう、それですごい落ち込んじゃって、しばらくしょんぼりしてたんだよね。なのに、飛ぶのに慣れた途端、どこまで飛べるか試してみるって言って、どんどん上まで飛んでっちゃって」

「あの時は焦った。姿が見えなくて探したら、実は途中で体力が切れて木のてっぺんにしがみついていた上、泣き疲れてそのまま寝てたんだからな」

ああいうところはノアに似たな、と笑うエルドラドに、そうかもねえとノアが笑う。

子供の頃の自分のすべてを知っている両親に、さすがに分の悪さを悟って、リドガルドは呻いた。

「……本当に仲がいいよね、ノノと父は……」

昔の呼称を口にした息子に、二人の父がすかさず腕を組んでみせる。

「でしょう？」

「なにせお前の親だからな」

何故だか誇らしげな二人に思わず吹き出してしまって、リドガルドは花束を近侍に預けると、彼らの間に割って入った。

「……今日はもう政務も終わったから、父さんたちと一緒にその花畑を見に行きたいな」

たまには息抜きもいいだろう。二人の前では偉大な王である必要もない。

ぎゅっと二人に腕を絡めて言うリドガルドに、ノアが優しい薄茶の瞳を輝かせる。

「いいねえ。じゃあ帰りにうちに寄ってってよ。ちょうど昨日いっぱいトゥッファーハが採れたから、焼いてあげる」

ノアお手製の焼きトゥッファーハは、父もリドガルドも大好物だ。是非、と頷くリドガルドの隣で、エルドラドが呻いた。

「……それが、採る時にノアがまた足を滑らせて、木から落ちかけてな……」

「あっ、エルド！　それは言わない約束だろ！」

憤慨するノアに、エルドラドがため息をつく。

「何年経っても変わらないそのそそっかしさは、どうにかならないのか……？」

こっちの寿命が縮むとぼやく父に笑って、リドガルドは二人と共に歩き出した。

その喉元では深紅の逆鱗が、まるで暁の空に浮かぶ星のように、キラキラと強い光を放ち続けていた。

◆初出一覧◆

竜人と星宿す番《つがい》　／書き下ろし

暁の星　／書き下ろし

BL読むなら
ビーボーイ
コミックス！
電子書籍！
ノベルズ！
ドラマCD！
b-boy.jp
ビーボーイWEB
https://www.b-boy.jp/
ビーボーイWEBの「オススメPoint！」

ビーボーイノベルズをお買い上げいただきありがとうございます。この本を読んでのご意見・ご感想をお待ちしております。

〒162-0825 東京都新宿区神楽坂6-46
ローベル神楽坂ビル4F
株式会社リブレ内 編集部

アンケート受付中
リブレ公式サイト　https://libre-inc.co.jp
TOPページの「アンケート」からお入りください。

BBN B●BOY NOVELS

竜人と星宿す番《つがい》

2020年7月20日　第1刷発行

著　者――――――――櫛野ゆい

発行者――――――――太田歳子
発行所――――――――株式会社リブレ
〒162-0825
東京都新宿区神楽坂6-46ローベル神楽坂ビル
営業　電話03(3235)7405　FAX 03(3235)0342
編集　電話03(3235)0317
印刷所――――――――株式会社光邦

Printed in Japan
ISBN 978-4-7997-4863-3